Tucholsky Wagner Zola Scott Sydow Freud Schlegel
Turgenev Fonatne Wallace Walther von der Vogelweide Fouqué Friedrich II. von Preußen
Twain Weber Freiligrath Frey
Fechner Fichte Weiße Rose von Fallersleben Kant Ernst Richthofen Frommel
Engels Fielding Hölderlin
Fehrs Faber Flaubert Eichendorff Tacitus Dumas
Feuerbach Maximilian I. von Habsburg Fock Eliasberg Zweig Ebner Eschenbach
Ewald Eliot Vergil
Goethe Elisabeth von Österreich London
Mendelssohn Balzac Shakespeare Dostojewski Ganghofer
Trackl Lichtenberg Rathenau Doyle Gjellerup
Mommsen Stevenson Hambruch
Thoma Tolstoi Lenz Hanrieder Droste-Hülshoff
Dach von Arnim Hägele Hauff Humboldt
Verne
Reuter Rousseau Hagen Hauptmann Gautier
Karrillon Garschin
Defoe Baudelaire
Damaschke Hebbel
Descartes Hegel Kussmaul Herder
Wolfram von Eschenbach Dickens Schopenhauer
Darwin Grimm Jerome Rilke George
Bronner Melville Bebel Proust
Campe Horváth Aristoteles Voltaire Federer
Bismarck Vigny Barlach Herodot
Gengenbach Heine
Storm Casanova Tersteegen Grillparzer Georgy
Chamberlain Lessing Langbein Gilm
Brentano Lafontaine Gryphius
Strachwitz Claudius Schiller Kralik Iffland Sokrates
Katharina II. von Rußland Bellamy Schilling
Gerstäcker Raabe Gibbon Tschechow
Löns Hesse Hoffmann Gogol Wilde Vulpius
Luther Heym Hofmannsthal Gleim
Roth Klee Hölty Morgenstern Goedicke
Luxemburg Heyse Klopstock Kleist
Machiavelli La Roche Puschkin Homer Mörike Musil
Navarra Aurel Musset Horaz Kraft Kraus
Nestroy Marie de France Kierkegaard Hugo Moltke
Lamprecht Kind Kirchhoff
Laotse Ipsen Liebknecht
Nietzsche Nansen
Marx Ringelnatz
von Ossietzky Lassalle Gorki Klett Leibniz
May vom Stein Lawrence Irving
Petalozzi Knigge
Platon Michelangelo Kafka
Sachs Pückler Kock
Poe Liebermann Korolenko
de Sade Praetorius Mistral Zetkin

Der Verlag tredition aus Hamburg veröffentlicht in der Reihe **TREDITION CLASSICS** Werke aus mehr als zwei Jahrtausenden. Diese waren zu einem Großteil vergriffen oder nur noch antiquarisch erhältlich.

Symbolfigur für **TREDITION CLASSICS** ist Johannes Gutenberg (1400 — 1468), der Erfinder des Buchdrucks mit Metalllettern und der Druckerpresse.

Mit der Buchreihe **TREDITION CLASSICS** verfolgt tredition das Ziel, tausende Klassiker der Weltliteratur verschiedener Sprachen wieder als gedruckte Bücher aufzulegen – und das weltweit!

Die Buchreihe dient zur Bewahrung der Literatur und Förderung der Kultur. Sie trägt so dazu bei, dass viele tausend Werke nicht in Vergessenheit geraten.

Andreas Hartknopfs Predigerjahre

Karl Philipp Moritz

Impressum

Autor: Karl Philipp Moritz
Umschlagkonzept: toepferschumann, Berlin

Verlag: tredition GmbH, Hamburg
ISBN: 978-3-8424-1325-2
Printed in Germany

Ribbeckenau

– klang schon fatal in Hartknopfs Ohren, als er zum ersten Mal diesen Namen hörte. –

Und da er ihn in seiner Vokation mit großen verschlungenen Buchstaben geschrieben sah, ärgerte sich sein Auge daran.

Ribbeckenau war die Mutterkirche und Ribbeckenäuchen das Filial davon, wozu der Weg über ein Torfmoor führte.

Hier war es, wo der Knäuel seines Lebens sich in labyrinthische Knoten verwickelte, die nur die Schärfe des Schwertes wieder lösen konnte; wo seine Kraft, die sonst freien Spielraum hatte, zum ersten Male in sich gedrängt, allerlei Sprünge und wunderbare Verzierungen in sich machte, weil sie sich selbst nicht kannte.

Durch diese Klemme mußte Hartknopfs Leben selbst noch durchgehen, ehe es ungehemmt in seinem vollen Glanze leuchten und wohltätige Klarheit um sich her verbreiten konnte.

Der, welcher die Nebel der Täuschung schon so oft verscheucht hatte, mußte noch einmal durch Selbsttäuschung von der edelsten Art geprüft, zu einem höheren Dasein vorbereitet, und jeder Keim einer unruhigen Wirksamkeit in ihm ausgerottet werden.

Mein Abschied von Hartknopf, als er aus Erfurt ging

Da saßen wir auf der großen Treppe vor dem Dom und sprachen von Ribbeckenau, wie weit es sei, und wie bald und wie oft ich ihn dort besuchen könnte, und von der Verschiedenheit der Rettiche, welche in Erfurt vorzüglich gut sind und eine von Hartknopfs Lieblingsspeisen waren, wobei er gewissermaßen mit Leib und Seele genoß, wenn er die geheimnisvollen Salzkörner auf die runden Scheiben streute und dann auf seiner Zunge das innere Wesen dieser edlen Bestandteile in ihrer feinsten Auflösung schmeckte.

Seine Gedanken beschäftigten sich in diesem Augenblick ganz mit der Anpflanzung von Erfurter Rettichen in Ribbeckenau, und ich versprach ihm heilig, Rettichsamen aus Erfurt zu schicken.

Wir gingen alsdann noch auf die Kirschlache spazieren, wo wir uns eine ganze Weile an ein Geländer stellten und ins Wasser blickten.

Ich begleitete ihn vors Tor hinaus, wo wir in einem Wirtshaus einkehrten. Hier setzte er sich mir gegenüber und sprach; Ich gehe nun nach Ribbeckenau (bei dem Namen erhielt seine Miene einen sehr verdrießlichen Zug), um das Evangelium zu predigen, und du bleibst in Erfurt, um das Evangelium noch eine Zeitlang predigen zu lernen. Du weißt nun den Hörsaal, wo man das lernt; und kennst den Mann, welcher diesen erhabenen Lehrstuhl bekleidet – halte dich fest an ihn und übe dich im fertigen Nachschreiben, suche ihm die Worte aus dem Munde zu stehlen, noch ehe er sie ausgesprochen hat, und bediene dich der Abbreviaturen, die deiner Hand und deinem Gedächtnis geläufig sind. – Schreibe auch die unterlaufenden Sätze mit auf, denn sie stehen nie am unrechten Ort und werden dir eine angenehme Erinnerung sein, wenn du die Vorlesung zum zweiten Male hören solltest. Hüte dich sehr Backelaureus oder Magister der Weltweisheit zu werden; und wenn du dich im Predigen übst, so stelle dich an einen rauschenden Wasserfall, wo keines Menschen Ohr den Laut deiner Worte vernimmt. Fahre fort, fleißig Kirchengeschichte zu studieren, und nun laß uns noch einen Rettich zusammen essen.

Der Rettich wurde auf einem Teller gebracht. Mit einer feierlichen Miene schälte Hartknopf ihn ab, schnitt runde Scheiben davon, und

indem er langsam und nachdenkend die Salzkörner daraufstreute
und die erste Scheibe mir darreichte, blickte er mich ernsthaft an
und sagte: sooft ihr solches tut, so tuts zu meinem Gedächtnis!

Als wir nun hinausgingen, gab ich ihm noch folgende Verse, die
ich auf seinen Abschied gemacht hatte:

> Du gehst nach Ribbeckenau
> In Erfurt bleibt dein Freund
> Die Ferne dämmert grau . . .
> Das trübe Auge weint . . .
>
> Doch ist nun über mir
> Der Himmel wieder blau
> Denk ich, er lächelt dir
> Doch auch in Ribbeckenau

Als ich diese Verse noch an Hartknopf übergeben hatte, steckte er
sie ohne sie zu lesen in die Tasche und sagte; ich möchte den Rettichsamen nicht vergessen, er wünsche mir wohl zu leben, und ich
möchte ihm nun die Liebe tun und nach Erfurt zurückkehren, welches ich dann tat, und weil wir auf einer Anhöhe Abschied genommen hatten, ihn sogleich aus dem Gesicht verlor.

Hartknopfs Antrittspredigt

Die kleine Kirche in Ribbeckenau war mit sehr viel hölzernem Schnitzwerk und Zierat versehen. Unter anderem war vorne an der Decke über der Kanzel der Heilige Geist in Gestalt einer Taube schwebend abgebildet. Die Arbeit war von Holz und bloß angeleimt.

Als Hartknopf die Kanzel bestieg, schwebte sein böser Genius über ihm. Ganz in seinen Gegenstand vertieft, dachte er nicht an das, was über ihm war, und die Länge seines Körpers war schuld, daß er mit der Stirne gerade gegen einen Taubenflügel rannte und auf die Weise die schwebende Gestalt des Heiligen Geistes zum Schrecken der ganzen Gemeinde herabstieß.

Da er sich nun aber dies als einen Zufall, der weiter keine Folgen hatte, gar nichts anfechten ließ und mit der größten Kaltblütigkeit seine Predigt anfing, als ob gar nichts geschehen wäre, so erschrak die Gemeinde noch weit mehr.

Er hob nun seinen Spruch an: Im Anfang war das Wort, und das Wort war bei Gott, und Gott war das Wort. –

Also: im Anfang war das Wort, und das Wort war selbst der Anfang.

Dies deutete er nun auf den Anfang seines Lehramts; was bei ihm wohl anders der Anfang sein könne, als das bloße Wort womit er anfing? Da einmal sein Geschäft darin bestehe, seine Lippen zu bewegen und tönende Worte hervorzubringen, statt daß andere ihre Arme zur Arbeit ausstreckten, um dem Schoß der Erde ihre Nahrung abzugewinnen und die Frucht ihrer Mühe selbst mühsam einzuernten.

Er stellte das nackte Wort als den leeren Hauch der Luft, als das tönende Erz und die klingende Schelle dar, wenn Liebe es nicht beseelt. –

Liebe beseelte es aber, indem er sprach – denn er war gewillt zu geben, wo seine Brüder nehmen; er wollte nicht für leeren Lufthauch den Zehnten von allen Früchten der Erde eintauschen; er wollte den Buchstaben des Wortes erst töten, damit der Geist lebendig mache. –

Als er nun zum ersten Mal das Wort Geist nannte, blickte die ganze Gemeinde als ob aller Augen sich verabredet hätten, auf einmal nach der leeren Stelle an der Decke über der Kanzel hin, wo die Abbildung des Heiligen Geistes in Taubengestalt gewesen war. – Der grobe sinnliche Eindruck behielt von jetzt an auf einmal die Oberhand; der erste Schrecken war nun vorüber, und wie von einem bösen Dämon angehaucht verzog sich jede Miene zu einem höhnischen schadenfrohen Lächeln, und die Herzen verschlossen sich auf immer. –

Die undurchdringliche Scheidewand zwischen Licht und Finsternis war gezogen. Das hämische Lächeln trat zwischen die redende Liebe und den aufmerksamen Gedanken – Hartknopf fühlte sich zum ersten Mal von seiner nächsten Umgebung gedrückt. Er fing während seiner Rede an, die Gesichter zu bemerken, und kein antwortender Blick begegnete seinem spähenden Auge. Eine unbekannte Macht schien die Worte von seinen Lippen zu verwehen, daß sie den Weg zum Herzen nicht fanden.

In dieser Predigt, pflegte Hartknopf nachher oft zu sagen, habe er den ganzen Druck empfunden, womit die grobe Sinnlichkeit auf dem zarten Gedanken, die unförmige Masse auf dem Gebildeten ruht; wodurch der Sprößling im Keime zertreten, die Blume zerknickt wird; der Wurm an der aufblühenden Pflanze nagt; der Heldenmut des Starken in seiner Brust gelähmt wird; und der bildende Genius, indem er die Flügel entfaltet, von seinem umwölkten Jahrhundert darnieder gedrückt, in den Staub sinkt. –

Soviel ist gewiß, daß die vielleicht schon verweste Hand, welche die Taubengestalt an der Kanzeldecke mit nachlässigem Finger befestigte, Hartknopfs schöne Hoffnungen und sein ganzes Gebäude von Glückseligkeit an diesem Orte unwissend untergrub.

Denn dieser erste Eindruck blieb in der Folge seines Lehramts unauslöschlich, und die ganze, angeborene Würde seines Wesens vermochte nichts gegen die komische Larve des mächtigen Zufalls.

Freilich war ein räudiges Schaf unter dieser Herde, welches die übrigen angesteckt hatte. Dies war der spruchreiche Küster Ehrenpreiß mit der richterlichen Miene.

Während Hartknopf predigte, richteten seine Augenbrauen jeden Perioden, den er sagte, und brach den Stab über ihm, sooft er das Wort als die vierte Person in der Gottheit erwähnte. Hartknopf meinte nämlich, weil man sich doch die Dreieinigkeit als eins dächte, so könnte auch das vierte der Einheit nicht schaden – und der Lehrbegriff leide nicht darunter, wenn man sich den alleserhaltenden Vater, den allesbeherrschenden Sohn, den allesbelebenden Geist, und das allesverknüpfende Wort, wie das ewig Feststehende, wie den unerschütterlichen Kubus dächte, der in sich selber ruhend, die rollenden Sphären trägt. –

Ehrenpreiß aber schrieb sich Hartknopfs Ketzereien in seine Schreibtafel auf, und so wie der Erklärer alter Autoren über eine neue Lesart, der Chronikenschreiber über eine Jahreszahl, und der Conchylienliebhaber über ein Schneckenhaus, so freute sich der Küster Ehrenpreiß über jede Ketzerei, die er in irgendeines Menschen Worten oder Gebärden auffinden konnte, weil dies nun auch einmal seine Liebhaberei war, die ihm ein besonderes Vergnügen machte.

Mit dem vorigen Prediger war er ein Herz und eine Seele gewesen, denn dieser bedurfte jemandes, in dessen Busen er seinen Geist ausschütten konnte, und Ehrenpreiß war ein würdiges Gefäß dazu. Oft brachten sie bis Mitternacht in vertraulichen Gesprächen zu; sie saßen da, in schwarzen Kleidern, auf Stühlen, und richteten die vergangenen und kommenden Geschlechter der Erde.

Dies taten sie im Fluge der hohen Begeisterung; dann aber beschränkten sie sich wieder auf ihre Nachbarschaft, auf die Prediger in dem Kirchensprengel, auf die Menschen, welche still einherwandelten und das Höchstverehrungswürdige im Geist und in der Wahrheit verehrten, auf die natürlichen Menschen, welche durch frommen Genuß der Gabe dem Geber am besten zu danken glaubten.

War nun über alle diese Menschen namentlich das Verdammungsurteil gesprochen, so machten sich beide den Spruch zu eigen: ihr seid über wenigem getreu gewesen, ich will euch über vieles setzen!

Damit nun aber auch Ehrenpreiß in diesem Werke geübter werden möchte, so trug sein Prediger ihm die ganze Polemik aus den Heften vor, die er ehemals in Halle eigenhändig nachgeschrieben hatte.

Und als das Kollegium geendet war, schrieb sich Ehrenpreiß selbst die Hefte noch einmal ab und trug sie einigen auserwählten Bauern bei verschlossenen Türen wieder vor, durch welche der edle Samen dann weiter im Dorfe ausgestreut wurde.

So war das ganze Dorf nach und nach p o l e m i s c h geworden, und das Schimpfwort: du Ketzer!, welches man ehemals als eine scherzende Liebkosung brauchte, wurde jetzt mit einem finsteren spanischen Ernst ausgesprochen, der nichts Gutes bedeutete.

Ein so unpolemischer Prediger wie Hartknopf war nun freilich keine sehr willkommene Gabe für solche polemischen Bauern. Denn die Predigten des vorigen Pfarrers waren überdem gar nicht uninteressant gewesen; er belagerte eine Ketzerei, die er aufstellte, um sie zu bestreiten, gleichsam wie eine Festung, legte selbst Bollwerke umher, womit er sich eine Weile verteidigen ließ, dann lief er plötzlich Sturm, durchbrach die Schanzen und hieb alles mit der Schärfe des Schwertes darnieder. Durch dies immerwährende Angreifen und Verteidigen war den Bauern selbst der dogmatische Lehrbegriff so geläufig geworden, als er ihnen durch den bloßen Vortrag nicht hätte werden können.

Sie waren dadurch gewissermaßen kompetente Richter über ihren künftigen Prediger geworden, der nun nie aus dem Gleise rücken durfte, ohne daß sie es merkten. –

Der Geist des verstorbenen Pfarrers ruhte auf der ganzen Gemeinde, auf dem Küster Ehrenpreiß aber ruhte er zwiefältig.

Das Torfmoor

Mit seinem Stabe in der Hand, den Küster Ehrenpreiß zur Seite, wandelte Hartknopf nun zum ersten Mal über das Torfmoor nach Ribbeckenäuchen hin.

Zur Rechten hatte er die Aussicht über das Torfmoor auf die Heide, zur Linken auf den Küster Ehrenpreiß und einen mit Heidekraut bewachsenen öden Berg, welcher der Krainberg hieß. – Hinter sich sah er den kleinen spitzen Turm von Ribbeckenau, der mit Schiefer, und vor sich den von Ribbeckenäuchen, der mit Schindeln gedeckt war.

Geschah das am grünen Holz, seufzte er bei sich selber, was wird am dürren werden? Denn seine ganzen Hoffnungen waren schon verwelkt, und die Gedanken, welche er jetzt wieder in Worte kleiden sollte, hatten einmal schon ihren frischen Glanz verloren.

Die ganze, Gegend um ihn her lag schwarz und öde –

– in dem ganzen Bezirk, den das Auge sah, war keine Furche gezogen, kein grünes Fleckchen schimmerte hervor –

– das Spiel der Sensen erklang auf diesem Boden nie – nie hielten frohe Schnitter hier ihr Mahl.

Die weidende Herde fand hier keine Nahrung, der Wanderer keinen sicheren Pfad, denn täuschende Wassergraben durchschnitten allenthalben das lockere Moor.

Nichts Gebildetes sproßte aus diesem Boden hervor, der unfruchtbar und öde dalag, um selbst in Kürze zu Asche verbrannt zu werden.

Der Himmel blickte trübe auf die verwaiste Scene herab, und mit schwerem Herzen ging Hartknopf seinen sauren Pfad. –

Er wußte nicht, daß unter dem Turme, der mit Schindeln gedeckt war, ein paar freundliche Gesichter auf ihn warteten, aus denen der Tag wieder in seine Seele lächeln würde, da er es am wenigsten vermutete.

Die Geschwister

In Ribbeckenäuchen war vor der Kirchentüre ein geringer Platz, mit Blumen bepflanzt, da spielten die Knaben im Dorfe.

Gegenüber war ein bequemes Haus mit Garten und Zubehör.

Der grüne Platz vor der Kirche mit dem artigen Häuschen gegenüber gab dem Dörfchen, das nur aus wenig Feuerstellen bestand, ein heiteres, lachendes Ansehn. Das Haus selbst aber, welches dem grünen Kirchhof gegenüberlag, schloß zwei dem Leibe und der Seele nach verwandte Seelen ein, die hier ein stilles Glück genossen, weil ihre erste Tugend Genügsamkeit war.

Es war nämlich der Pächter in diesem Dorfe, der seit fünf Jahren mit seiner Schwester zusammenwohnte, welche, zwanzig Jahre alt, zu ihm gezogen war, und seit der Zeit noch keine eigentlich mißvergnügte Stunde zählte. Denn alles Unangenehme übertrug sich in den unnennbaren Reiz der Teilnahme des einen an des anderen Ruhe, und löste sich in den schönen Gleichmut auf, in welchem dieses große Ganze wie in seinem Mittelpunkte sich vollendet –

– wo alle Stürme schweigen, das Toben der Elemente aufhört, und die Sonne im stillen See sich spiegelt –

– wo das Labyrinth der Schicksale seinen Endpunkt erreicht, an dem es sich mit einem Blick durchschauen läßt und enthüllt vor unseren Augen liegt.

Diese Gleichheit der Gemüter, welche verschwisterte Seelen aneinanderknüpft, schafft mit einem mächtigen Wort auf jedem Fleck der Erde noch nie gekannte Freuden um sich her, läßt Blumen auf dürrem Boden wachsen und wandelt den Krainberg und das Torfmoor von Ribbeckenau zu weinbekränzten Hügeln und lachenden Fluren um.

Wo dieser Gleichmut der Gemüter weilt, da drückt er unverkennbar seine Spur in Aug und Wange, und zeichnet sich auf der freien und unumwölkten Stirne. – Da wohnt der Unmut und die finstere Sorge nicht; da fesselt kein Zwang den leisesten Laut der Empfindung; da schämt das Wort sich des Gedankens, die Miene des Wortes, das Wort der Tat sich nicht.

Dies war nun der Fall bei dem Küster Ehrenpreiß und dem verstorbenen Pfarrer in Ribbeckenau, bei denen sich auch das Wort des Gedankens, die Miene des Wortes, und das Wort der Tat nicht schämte, wenn ihr düsterer, richtender Blick und ihre lispelnde, tötende Zunge über alle Ketzer und Irrgläubigen aus ihrer Nachbarschaft das unwiderrufliche Urteil sprach und über manchem nicht nur in jener, sondern schon in dieser Welt durch hämische Anklagen den Stab brach. –

Waren dies nicht auch verschwisterte, ineinandergeschlungene Seelen? – Brachten sie nicht auch bis Mitternacht in vertrauten Gesprächen zu? Warum soll ihr Gleichlaut kein Wohlklang sein?

Gehören nicht die gröbsten und dunkelsten Vibrationen der Saiten ebenso wie die feinsten und hellsten zu dem vollstimmigen Konzert?

Der frohe Blick hält sich gern an dem frohen, der düstere an dem düsteren fest, so wie das trübe Auge dem trüben zu begegnen wünscht. –

Der Küster Ehrenpreiß fand sich verwaist, als sein Pfarrer tot war. Seine Klagen aber waren nicht sanft; oder vielmehr es waren keine Klagen, sondern ein finsterer Unmut, eine verdrießliche Unbehaglichkeit, die er in seinem ganzen Wesen fühlte, und immer auf etwas anderes, auf irgendeine Kleinigkeit schon, die ihm in den Weg kam. –

Wie konnten auch die Klagen über die Trennung sanft und edel sein, da die Verbindung selbst rauh und grob gewesen war und auf Bitterkeit, Grobheit und Rauheit sich gegründet hatte!

Dessen ungeachtet aber war es auch eine Verbindung und ein Gleichlaut, der, solange er dauerte, in der Reihe der Töne sein Recht behauptete, und zwar in grobe Selbstzufriedenheit, aber doch auch, so wie die feinste und zarteste, in Selbstzufriedenheit einwiegte. –

Auch war es gar kein unangenehmes Schauspiel zu sehen, wie die schwarzen Augenbrauen des Pfarrers und des Küsters Ehrenpreiß sich freundlich einander zunickten. –

Aber freilich zeichnete sich die Übereinstimmung auf Stirn und Wangen nicht so schön wie bei dem Geschwisterpaar in Ribbeckenäuchen, das nun zum ersten Male Hartknopfs Predigt besuchte und unter dem Turm mit Schindeln bedeckt, in einem grün ausgeschlagenen Kirchenstuhle gerade der Kanzel gegenüber seinen Platz nahm.

Die Wiederholung

Hartknopf hob nun aufs neue wieder seinen Spruch an; im Anfang war das Wort, und das Wort war bei Gott, usw., als auf einmal aus dem Kirchenstuhle unter dem Turm wie aus einem heiligen Dunkel die freundlichen Blicke des Pächters Heil den seinigen begegneten, während dessen Schwester ihre lebhaften Augen noch sanft niederschlug und der weiblichen Neugier, die sich in ihrem Busen regte, mit zarter Tugend noch ein Weilchen widerstand.

Sie war einfach und nicht ohne Geschmack gekleidet, ihr Haar hing in ländlichen Locken herunter; ein Hütchen trat über ihre Stirne hervor und verdeckte den Strahl, der aus ihren Augen schoß, sobald sie sich niederbückte.

Nicht lange aber, so schlug sie die Augen auf, um Hartknopf, den Prediger, anzublicken, dessen Stimme und Laut der Worte sie schon irgendwo gehört zu haben glaubte, und sich doch auf keine Weise zu erinnern wußte, wo und wann? –

Es war, als ob sie in eine dunkle Ferne blickte; als würden Erinnerungen in ihr aufgeweckt an etwas, das einen Augenblick vor ihrer Seele schwebte und plötzlich wieder verschwunden war.

Sie hing dem nicht mit ihren Gedanken nach, und in wenigen Augenblicken waren diese Regungen ganz verschwunden.

Hartknopfs Auge und Seele ruhte während der ganzen Predigt auf dem Antlitz des Pächters Heil und seiner Schwester Sophie Erdmuth. In diesen beiden Ovalen fand er die ruhige Stimmung seiner Seele, den harmonischen Kreislauf der Dinge, den heiteren Himmel, die lachenden Fluren und jeden Reiz dieser schönen Umgebung wieder, worin wir leben, weben und sind.

Denn diese Umrisse waren bezeichnend und bedeutend; die höhere Menschheit leuchtete aus ihren Zügen mit sanftem Schimmer hervor. – Es war der Tagesanbruch, die ersten Streifen der dämmernden Morgenröte.

Die übrigen Gesichter waren mehr oder weniger durch Brutalität entstellt; es war eine chaotische Masse, das wandernde Auge des Menschenforschers fand keinen Platz, auf dem es ruhen konnte. Es war, als wäre über die Bildungen eine Furche hingezogen, die sie alle gleich machte. Das Bezeichnende und Bedeutende war entstellt, zerrissen. – Eine neue Schöpfung mußte hier vorgehen, um diese erstorbene zur Erde gesunkene Masse zu belehren, und dann mit dem Neubelebten Worte und Blicke zu wechseln.

Die Taube flog aus, und fand keinen Ölzweig, auf dem sie ruhen konnte.

Hier aber schwebte keine Taubengestalt unglückbringend über Hartknopfs Haupt. Kein hölzernes Schnitzwerk entstellte diese Kanzel und diese Wände. Hier wiederholte Hartknopf seine erste Predigt beinahe von Wort zu Wort.

Er holte gleichsam jedes verlorene Wort, jeden verschwundenen Gedanken wieder. Was auf der Kanzel in Ribbeckenau von seinen Lippen verweht war, fand sich hier in schönerer Ordnung wieder zusammen.

Denn die Höhe und Tiefe war einmal durch feste Punkte auf horizontalen Linien und jeder Takt durch einen senkrechten Strich bezeichnet. Das Ganze wiederholte sich daher, wie eine wohlgesetzte Musik, welche des Aufwands von Kunst und Mühe nicht wert wäre, wenn sie nur einmal tönen und dann in der Luft verweht sein sollte. Durch wiederholte Schläge, pflegte Hartknopf wie im Sprichwort zu sagen, fällt der Baum unter der Axt, und das Eisen schmiegt sich unter den Hammer. –

Was ist das Leben in der ganzen Natur, der Wechsel der Jahreszeiten, was jeder Pulsschlag, jeder Atemzug, als eine immerwährende Wiederholung ihrer selbst? Die Wiederholung des Schönen erweckt nicht Überdruß, sondern vielfältigen Reiz für den, welcher anfängt, seine Spur zu ahnden, und sooft es ihm sich wieder darstellt, seine Spur verfolgt. –

So war Hartknopfs Antrittspredigt ein vollendetes unvergängliches Werk, das in sich selber seinen Wert hatte, den kein Zufall ihm rauben konnte. Und obgleich die Gemeinde in Ribbeckenau sich einmal, und der Küster Ehrenpreiß sich zweimal daran ärgerte, so erreichte sie dennoch ihren Zweck, der in ihr selbst, in ihrem schönen Bau und dem wohlabgemessenen Verhältnis ihrer Teile lag, wodurch das Ganze eine Kraft erhielt, alles Mangelhafte aufzudecken und es in seiner Blöße darzustellen; wodurch die Bauern in

Ribbeckenau in ihrer Brutalität sich zeigten und das schadenfrohe Lachen auf ihren Lippen erscheinen mußte. In welchen Mauern das Ganze dieser Predigt ertönte, da prüfte es die Geister – es konnte, wenn es einmal von den Lippen verhallt war, durch nichts anderes ersetzt werden, als durch sich selbst, weil nichts darin war, das sich von seiner Stelle verdrängen ließ. –

Wenn Hartknopfs Predigten einst, dem Buchstaben nach, im Druck erscheinen, so wird sich zeigen, daß seine Antrittspredigt in Ribbeckenau alle übrigen in sich faßt, wie die gefüllte Knospe ihre Blätter; daß alles ein Ganzes ist, welches gleich dem belebenden Atemzuge in jeder Zeile, in jedem Gedanken nur sich selbst wiederholt. –

Wer Ohren hat zu hören, der höre!

Ist es denn hart, die Worte wieder zu sagen, die von den Lippen des sanftesten Lehrers tönten? Dem die Geschlechter der Menschen nun tief in das zweite Jahrtausend horchen, und horchen, ohne den leisesten Laut des göttlichen Sinnes zu vernehmen? –

Das Licht wandelte in der Finsternis, und die Finsternis erkannte es nicht. – Ist es die Fassungskraft nicht selbst, die sich erweitern muß, um das Edle aufzufassen?

Soll der Ölbaum seine Fettigkeit, der Weinstock seinen edlen Saft lassen, um über den Bäumen zu schweben? –

Da wo die Stimme vernommen wird, wohnt der Geist, die anderen Behausungen stehen öde und sind wandelnde Massen: Augen ohne Sehkraft; Ohren, die nicht hören; Arme, die nicht vermögen; Hände, die nicht wirken. Wie der Wind die Wolken kräuselt, so sind sie ein Spiel des Zufalls. –

Wo die Stimme vernommen wird, da tönt sie mächtig wieder; es zeichnet sich in Blick und Handlung ihre Spur. Das Leichte senkt, das Lockere dichtet und rundet sich zu einem festen Kern, aus welchem des Lebens edler Baum erwächst. –

Der Sturmwind rauscht, der Donner rollt, das Meer braust, die Menschenlippe spricht. –

In Wüsten steigen Städte mit Tempeln, und Paläste himmelan. –

Das Schiff mit Mast und Segeln tanzt auf den empörten Wellen. –

In tiefen Schachten liegt des Goldes Spur enthüllt. –

Von dem gespannten Bogen fliegt der befiederte Pfeil, und eilt dem Gedanken nach, der vor ihm schon das Ziel erreicht. –

In seinem Blute sich wälzend ächzt das Wild. –

Die angespannte in sich gedrängte Kraft wirkt durch den Luftraum in die Ferne. –

Sie wohnt in der atmenden Brust des Menschen und reicht bis an des Himmels Wölbung und des Ozeans ungemessene Ufer.

Das Liebesmahl

– bestand aus Milch und Brot, welches Hartknopf mit dem Pächter Heil und seiner Schwester genoß, ehe er seinen Stab weiter setzte, denn er wollte diesen Tag noch drei Meilen gehen.

In Heils Wohnstube war der Fußboden mit einer weichen Decke belegt, und die Wände waren mit senkrechten blauen Streifen geziert. In der Mitte stand ein rundes Tischchen, woran diese drei nun saßen.

Sophie gegenüber hing ein Spiegel, vor dem sie, wie beim Anfang von Hartknopfs Predigt, nur ein wenig die Augen niederschlug und sie dann wieder aufschlug. Denn der Spiegel verdoppelte die schöne Scene und stellte sie wie in dem Hintergrund eines Gemäldes dar, das drei vorzüglich charakteristische Köpfe in sich faßte, die durch ihre Stufenfolge einen Akkord bildeten, dem nur ein fast unmerkliches Etwas zur Harmonie und Reinheit fehlte.

Die Liebe, welche bei dem Mahle herrschte, verdeckte dies Etwas und knüpfte unvermerkt ein schönes täuschendes Band zwischen diesen so verwandt scheinenden Seelen, die in vertraulichen Gesprächen über die eigentlichen Lebenspunkte und über das, was der Mensch in jedem Augenblick seines Lebens zu seiner Glückseligkeit tun und nicht tun kann, sich immer näher aneinanderschlossen.

Während diesen Gesprächen vernahm Hartknopf des öfteren ein sanftes Echo aus seiner gehaltenen Predigt wieder. – Ganz leise hatten die Saiten angeklungen, die seine Worte berühren wollten, nur einige waren verstimmt geblieben. –

Bei diesem Liebesmahle verschwand allmählich das Torfmoor und die unglückbringende Taubengestalt über Hartknopfs Kopf. Die ersten Worte des Pächters, womit er ihn in sein Haus geführt hatte, tönten immer noch angenehm in seinen Ohren.

– In diesem Hause wohnt Heil, sagte der Pächter, indem er ihn hineinführte.

– Und Segen, antwortete Hartknopf, indem er ihn umarmte.

Der Pächter Heil sagte dies dem Ansehen nach kindische Wortspiel mit einem so freundschaftlichen Händedruck und bedeutenden Blick auf Hartknopf, und zugleich mit einem so edlen Selbstgefühl, daß Hartknopf auf einmal harmonisch in dieses Wortspiel miteinstimmte.

– Und Segen! setzte er hinzu, und gewiß war seine ganze Seele bewegt, indem er dies sagte, und fühlte die Macht dieser Worte, sobald sie aus der Fülle des Herzens strömen und aus dieser Fülle des Herzens die Kraft erhalten, womit der sterbende Patriarch das Horn des Überflusses auf seine Söhne ausschüttete, welche auf kommende Geschlechter seinen Segen fortpflanzen.

Nicht so harmonisch griff der Segen ein, welchen er auf der Kanzel vor dem Altar der segengewohnten Gemeinde gab. Er machte nämlich statt des Kreuzes mit dem Mittel- und Zeigefinger nur einen geraden Querstrich zweimal durch die Luft, woran die ganze Gemeinde, so oft er es tat, und der Küster Ehrenpreiß zweifach sich ärgerte.

Dergleichen Kleinigkeiten wurden in Hartknopfs Gemeinde zu wichtigen Dingen, und verwickelten ihn in der Folge in tausend Verdrießlichkeiten, deren er sich nicht im mindesten versah. –

Für jetzt aber nahm er Abschied von dem Geschwisterpaar, da es hoch Mittag war, um den Herrn von G... zu besuchen; dieser wohnte drei Meilen weit von hier bei dem Dorf Nesselrode, wohin der Weg durch einen Fichtenwald führte, der eine Strecke hinter Ribbeckenäuchen seinen Anfang nahm und unseren Wanderer auf seinem Weg vor den Strahlen der Sonne schützte, welche schon anfingen, den ausgetrockneten Boden zu sengen.

Der Fichtenwald

Hier war nun alles auf einmal so tot und einförmig. Und Hartknopf wanderte ganz allein.

Es war Ebbe in seiner Seele geworden. Die angenehmen Bilder standen tief im Hintergrunde.

Er horchte auf den Tritt seiner Füße; und stand zuweilen still, und machte mit seinem Stab Figuren in den Sand. – Mit dieser Handlung begannen die fürchterlichsten Stunden seines Lebens.

Dies war das Zeichen der gänzlichen Leerheit, der Selbstermangelung, des dumpfen Hinbrütens, der Teilnahmslosigkeit an allem. – –

Als er von dem Pächter Heil und seiner Schwester Abschied nahm, da war seine Miene noch heiter und froh. Sobald er aber aus der Tür getreten war, und niemand mehr um sich sah, seufzte er; ach Elias! und seine Lippen schlossen sich wieder.

Er eilte mit starken Schritten dem Fichtenwalde zu. Und als er ihn erreicht hatte und in sein heiliges Dunkel trat, fühlte er auf einmal seine Brust von einem großen Gefühl erweitert, das aber ebenso plötzlich sich wieder verlor, als es entstanden war. –

Es war die große leblose Natur, welche er in diesem Augenblick fest an sich schloß, und die sogleich wieder allen Reiz für ihn verlor – weil das schimmernde zarte Gebildete das Große verdunkelte; und doch war das zarte Gebildete nicht stark genug, das Große in seinem Umfange festzuhalten und es dem Liebenden zur Morgengabe zu bringen.

Es entstand ein schrecklicher Kampf in Hartknopfs Seele; das Leere wollte die Fülle, das Chaos die Bildung verdrängen. Nichts war der Mühe des Festhaltens, nichts der Ausschließung wert.

Ohne Gedanken, ohne Empfindung zog er noch immer Figuren im Staube, als sein guter Genius ihm die Hand leitete und er auf einmal unwillkürlich den Namen Elias auf den Boden schrieb. Durch diese trostreichen Züge stärkte die Hand des Engels ihn, und der Kelch ging diesmal noch vor ihm vorüber. –

Er ging mit schnellen Schritten vorwärts, in der Kühle des Waldes. Er hatte einen Punkt gefaßt, an dem er sich wieder halten konnte, dem das übrige sich unterordnete. Seine Phantasie fand wieder freien Spielraum. Er dachte sich in der Stube des Pächters Heil mit der weichen Fußdecke und den blauen senkrechten Streifen an den Wänden.

Dann beschäftigten sich seine Gedanken mit dem Herrn von G., den er nun persönlich sollte kennenlernen, nachdem er schon lange im Briefwechsel mit ihm gestanden.

Der Herr von G.

Dieser Herr von G. war ein Greis von achtzig Jahren, der Hartknopfs Vater gekannt hatte und nun den Sohn zum Prediger berief.

Er hatte schon lange seine Gattin und seine Kinder überlebt, so daß alle seine Gedanken den irdischen Sorgen entrückt waren und sich nun mit etwas Jenseitigem beschäftigten, das sie nicht fassen konnten. –

Nichts konnte sich wohl mehr entgegengesetzt erscheinen, als die Meinungen Hartknopfs und des Herrn von G. Der Herr von G. war für das Leichte, Auflodernde, Himmelanstrebende; Hartknopf für das Schwere, sich niedersenkende, in sich selbst ruhende. –

Der Herr von G. liebte die Pyramidalform; Hartknopf den Kubus. –

Und doch trafen beide immer in gewissen Punkten zusammen. Dann war es, als ob sie sich über einem Abgrund die Hände reichten. –

Der Herr von G. hatte von seiner Jugend in mystische Schriften gelesen, und seine ganze Denkart hatte dadurch gleichsam eine zugespitzte Richtung erhalten. Sie eilte immer zu früh dem Ende zu, ehe sie noch die Fülle gefaßt hatte. Das Fassende erhielt dadurch eine gewisse Einengung, worin Bäume, Pflanzen und Tiere nicht Platz finden konnten. Das Körperliche blieb ausgeschlossen, das Geistige schwebte oben. Zwischen dem, was zusammen gehört, und sich nacheinander sehnt, war eine Kluft befestigt, die der Herr von G, nicht sah, weil er selber in dieser Kluft stand. –

Hartknopf zog einen Brief des Herrn von G. aus der Tasche, den er ihm nach Erfurt geschrieben hatte, und las ihn noch in dem Fichtenwalde durch, da er sich an einen Stamm gelehnt ein paar Minuten ausruhte. Er wollte die gewohnten Züge seiner Hand erst wieder vor seinem Auge erneuern, ehe er sich den Mann persönlich ansah.

Die Buchstabenschrift des Herrn von G. flammte wie sein Geist in die Höhe – wodurch aber der Nachteil entstand, daß die untere Zeile oft in die obere eingriff und die Züge sich untereinander verwirrten.

Hartknopfs Buchstaben standen mehr senkrecht in dichtgeschlossenen Reihen aneinander, so daß auch die Wörter sich fast zu nahe aneinanderdrängten und oft eine ganze Zeile wie ein einziges Wort aussah. –

Der Brief des Herrn von G. an Hartknopf lautete also;

»Da mein bisheriger Prediger in Ribbeckenau am 8ten dieses gestorben ist, so lasse ich an meinen lieben Andreas Hartknopf in Erfurt folgende Anfrage ergehen: ob er gewillt ist, diese von mir ihm zugedachte, nunmehr erledigte Pfarrstelle zu übernehmen?

»Da ich hieran nicht zweifeln kann, so sehe ich mit Verlangen dem Augenblick entgegen, wo unsere Worte und Gedanken sich unmittelbar einander begegnen können – denn ich weiß doch, daß mein Andreas auch seine noch nie gesehenen Freunde liebt.

»Ich möchte ihm noch die Hand geben, ehe ich scheide; denn ich stehe am Rande und harre auf meine Auflösung. Der aber, den ich hier zurücklasse, wird durch harte Prüfungen vollendet werden.

»Ich lade ihn ein zur Schule des Kreuzes; denn er soll nachfolgen seinem Herrn und Meister.«

Die Kinderlehre

Während Hartknopf durch seinen Fichtenwald auf Nesselrode zuwanderte, war der Küster Ehrenpreiß schon wieder über das Torfmoor nach Ribbeckenau zurückgekehrt, um dort den Nachmittagsgottesdienst zu halten. –

Als nun die Kinder des Dorfes um den Altar versammelt standen, faltete er seine Hände und betete:

– Erhalt uns, o Herr, die reine Lehre. Alle Irrläubigen aber, welche Dein Wort verderben, mache zuschanden um der Liebe willen!

Nun war die erste Frage:

Ehrenpreiß: – Als Lucifer oder der Teufel von Gott abfiel; wer stieß ihn da vom Himmel herunter?

Die Kinder; – Gott!

Ehrenpreiß: – Wie kam er also vom Himmel herunter?

Ein Bauernknabe: – Plötzlich!

Ehrenpreiß: – Aber wie oft soll ich euch noch sagen: ihr müßt auf das Vorhergehende merken! Ihr begreift nicht! – Wenn ich frage; wie kam er vom Himmel herunter? so heißt ja die Antwort nach dem Vorhergehenden; Gott stieß ihn herunter?! Merkt doch auf die Worte! Es heißt ja; Gott stieß ihn herunter!

Wie kam er also vom Himmel?

Die Kinder: – Gott stieß ihn herunter.

Ehrenpreiß: – Was ist durch den Teufel in die Welt gekommen?

Die Kinder: – Die Sünde.

Ehrenpreiß: – Durch wen sind wir von der Sünde erlöst?

Die Kinder: – Durch Christum!

Ehrenpreiß: – Wen sandte Christus seinen Jüngern, da er gen Himmel fuhr?

Die Kinder: – Den Tröster!

Ehrenpreiß: – Als aber der Heilige Geist bei der Taufe Christi in Gestalt einer Taube vom Himmel herabkam, wer sandte ihn da vom Himmel?

Die Kinder: – Gott!

Ehrenpreiß: – Wie kam also der Heilige Geist vom Himmel herunter? (Hier merkte er sorgfältig auf die Antwort)

Einige Kinder: – Gott stieß ihn herunter!

Ehrenpreiß: – Nein Kinder (fiel er als wäre es abgeredet ein), Menschen stießen ihn herunter, die den dreieinigen Gott nicht erkennen und des Herrn Wort verdrehen, welche Sünde nicht vergeben werden soll, weder in dieser noch in jener Welt! – Gehet hin in Frieden!

Hartknopfs Besuch bei dem Herrn von G.

Die Sonne neigte sich zum Untergang, als Hartknopf aus dem Fichtenwald trat. Das Dorf Nesselrode lag gerade vor ihm in einer fruchtbaren Ebene, und in einiger Entfernung zur Rechten das herrschaftliche Schloß, dessen Fenster im Glanze der Abendsonne schimmerten.

Der Pfad zum Schloß des Herrn von G. führte vor Nesselrode vorbei über ein schönes Ährenfeld. Der Fahrweg aber ging durch das Dorf und war mit einer Allee von Weidenbäumen bepflanzt. Da, wo nun der Fahrweg und der Fußweg dem Schloß gegenüber zusammentraten, stand Hartknopf noch eine Weile still, und schaute durch den Torweg über den Hof bis an die Stufen vor der Tür, welche braun angestrichen war, und gegen die ganz weiß abgeputzte Vorderseite des Hauses auffallend abstach.

Die braune Tür öffnete sich, und Hartknopf blickte beim Strahl der Abendsonne zuerst in dies Heiligtum, das einen Geist umschloß, der in seiner sterblichen Hülle weit über die Erde emporragte und doch in den Bezirken dieser Mauern, auf diesen einzelnen Flecken, seine bestimmte Wirksamkeit hingeheftet hatte; der gleichsam nur noch mit den Spitzen der Zehen diesen Punkt der rollenden Kugel berührte, die nun bald unter ihm weggewälzt seinem spähenden Blick in die ungemessene Ferne sich entziehen sollte.

Ein alter Diener des Herrn von G. führte Hartknopf eine Treppe hinauf in ein grün tapeziertes Zimmer, wo der Herr von G. vor dem Spiegel stand und sich den Bart eingeseift hatte, um sich zu balbieren, welches er eine Stunde vor Sonnenuntergang selbst zu tun gewohnt war. Er eilte mit dem eingeseiften Bart auf Hartknopf zu. Dieser aber bat ihn, er möchte sich nicht stören lassen, und setzte sich solange auf einen Stuhl, bis der Herr von G. sich den Bart abgenommen hatte. Dabei gab er auf seine Augen und Hände acht, wie die Schärfe des Schermessers das Kinn des Greises umwandelte, während in der ruhigen Miene ein schöner Zug nach dem anderen sich enthüllte und endlich um die Lippen das jugendliche bewillkommende Lächeln sich verbreitete, womit der Herr von G., nachdem er sich balbiert hatte, seinen langgewünschten Freund an seinen Busen drückte.

Die Empfindungen Hartknopfs und des Herrn von G. traten in einem Punkt zusammen. Beide suchten die Bewegung, welche in ihren Gemütern herrschte, erst wieder einzuwiegen, ehe sie sich einander mitteilten. Daher fand es der Herr von G. ganz natürlich, daß Hartknopf, ohne weiter etwas zu sagen, sich an das Klavier setzte, das in der Stube stand, und folgende beiden Lieder sang und spielte, welche der Herr von G. in einer freilich noch etwas unpoetischen Sprache aus dem Französischen übersetzt hatte.

Hartknopf kannte diese Lieder schon und fand sie gerade aufgeschlagen auf dem Klavier liegen; das erste war das Wiegenlied selbst, und das andere noch eine Kadenz dazu.

Das Wiegenlied

Ein Lied des hl. Johannes vom Kreuz, dem Buch
Aufsteigung des Berges Karmel vorausgesetzt.

Als die Ängsten mich umgaben,
ganz entzündt in finstrer Nacht,
Ward die Lieb in mir erhaben,
Und ihr fester Bund gemacht.
O Glück! ich ging ohne Scheu
Aus der Selbstheit gänzlich aus,
Als ich fröhlich sahe stehen,
Meine Ruh- und Friedenshaus.

Ich ging durch verborgne Stege,
Sicher in der Dunkelheit,
Taumelnd, ohne Furcht im Wege,
Ungestalt und ganz verkleidt;
Ja, in Finsternis verborgen,
Schritt ich aus mir selbsten aus!
Ach! o Glück! da ohne Sorgen,
Ich in Ruhe fand mein Haus.

Keiner konnte mich erkennen,
Noch die Seligkeit der Nacht:
Mein Herz hatte in sich brennen,
Ein verborgnes Licht und Tacht.
Doch verdeckt, und ohne Schauen;
Licht und Führer heimlich bleibt:
Und in dieser Nacht und Grauen
War ich blind, und ganz betäubt.

Diese mir verborgnen Leiter
Brachten mich in Sicherheit,
Führete mich immer weiter,
Bis zum Tag der Ewigkeit,
Wo Gott selbsten Licht und Sonne,
Und das Liebes-Feuer ist,
Friede, Freude, Ruh und Wonne,

Und man alles Leid vergißt.

Nacht, die lieblich führen täte:
Du bist schöner, dunkle Nacht
Als der Glanz der Morgenröte;
Denn du hast in Eins gebracht
Braut und Bräutigam vermählet:
Dieser hat nun inniglich
Seine Braut, die er erwählet,
Überformet ganz in sich.

Mein Geliebter, ohne Schmerzen,
Still und sanft regierte
Und entschlief in meinem Herzen,
Das in Liebe grünete.
Da die Cedern und die Rosen
Sich bewegten in der Luft,
Sanfte tat ich ihm liebkosen
Unter diesem süßen Duft.

Morgenrot, dein sanftes Wehen,
Hat zerstreut mein ganzes Haar,
Kein Begehren könnt bestehen,
Denn der Freund vertrieb es gar,
Da mit klarer Hand er drücket
Meinen Hals, den er verletzt,
Alle Sinnen sind entzücket,
Und ich aus mir selbst gesetzt.

Nunmehr hab ich ganz vergessen,
Wo das Aug sonst hingericht,
Liebster, du hast mich besessen,
Auf dich leg ich mein Gesicht.
Ich hab alles gar verlassen,
Es verschwindt, es ist nicht mehr,
Ich mag nicht Gedanken fassen,
Sie sind bei dem Lilien-Heer.

Die Kadenz

Als der Morgenröte Wunder
Glänzte vor der Sternenbahn,
Fiel ein Tröpflein Tau herunter
In den großen Ozean:
Da der Tropfen nun die Weiten
Dieses Meeres sahe hier,
Dessen Unermeßlichkeiten,
Wie erstaunte er dafür!

Da er sich auch wollte setzen
In Vergleichung, sagte er:
Wie gering bin ich zu schätzen
Zu vergleichen mit dem Meer!
Wahrlich, wo das Meer zu sehen,
Der so große Ozean,
Muß ich mir ein Nichts gestehen,
Einen Schatten, Traum und Wahn!

Als er so ein Nichts sich sah,
Und das Meer, so weit, so groß,
War die Perlenmuschel nah,
Schloß ihn ein in ihren Schoß!
O wie ward er da verwandelt
Ja zur Perle nun gemacht,
Groß, veredelt, wohl behandelt,
Zur Vollkommenheit gebracht.

Auch der Himmel gab den Segen,
Daß der Perle hoher Preis
Gar nichts wäre gleich zu wägen
Auf dem ganzen Erdenkreis;
Bis der König sie bekäme,
Setzte sie in seine Kron,
Hoch berühmet wurd ihr Name,
Schauet hier der Demut Lohn!

Doktor Martin Luthers Tischreden

Während Hartknopf die Lieder spielte, wurde der Tisch für vier Personen gedeckt und die Frau St. mit ihrer Tochter traten herein. Die Mutter mochte im fünfzigsten, die Tochter im dreißigsten Jahre sein. – Hartknopf wurde von ihnen freundlich bewillkommnet, und man setzte sich zu Tisch, wo das Gespräch bald heiter und froh wurde und auf allerlei weltliche Dinge fiel.

Hartknopf erzählte von Erfurt, von den drei Brunnen und vom Steigerwald; und von seiner Art periodisch zu studieren, die dem Herrn von G. gar großes Vergnügen machte. Sie kamen nun auf das Universitätsleben zu sprechen, und der Herr von G. erzählte von einem Duell, das er in seiner Jugend gehabt hatte.

Nun kamen politische Gegenstände an die Reihe, worin der Herr von G., der selbst einen beträchtlichen Gesandtschaftsposten bekleidet hatte, reelle Kenntnisse besaß. Die Jungfer St. würzte das Gespräch mit einem leichten spottenden Witz, womit sie den wichtigen Weltangelegenheiten wieder ein komisches Ansehen zu geben und die Übergewichtigkeit der Dinge immer wieder ins Gleis zurückzubringen wußte. Die Frau St. belebte die Einfälle ihrer Tochter durch einen launigen mütterlichen Ernst, womit sie ihr dieselben verwies.

Die Jungfer St. fragte schalkhaft, ob Hartknopf schon die Bekanntschaft des Pächters Heil, eines sehr braven Mannes gemacht habe, und Hartknopf wäre über diese Frage beinahe in Verwirrung geraten, so wunderbar überraschte sie ihn durch den Ton und die Miene, womit die Jungfer St. diese Frage an ihn tat. Denn der Pächter Heil und seine Schwester standen wie zwei verschlungene Buchstaben in seinem Gedächtnis, deren Züge sich ineinander verwickelten, und das Verwickelte zog die Verlegenheit nach sich.

Hartknopf half sich so gut er konnte, und die Jungfer St. erbarmte sich seiner und fing an, mit dem Herrn von G. über Rußland und Polen zu sprechen.

Die Jungfer St. hatte bei einer blassen Gesichtsfarbe ein fast zu feuriges Auge, welches dem Herrn von G. oft mit einer Lebhaftigkeit begegnete, die mehr als Ehrfurcht bezeichnete, weil die Jungfer St. wirklich mehr als Ehrfurcht gegen den edlen Greis hegte, der ihrer ganzen Liebe wert war. Sie war unter den Augen des Herrn von G. in diesem Hause aufgewachsenen, in welches ihre Mutter schon im 26. Jahre als Witwe in Dienst getreten war, um die Verwaltung des Hauswesens noch bei Lebzeiten der Gemahlin des Herrn von G., welche sehr kränklich war, zu versehen.

Der Herr von G. besaß auch selbst in seinem Greisenalter noch eine gewisse Lebhaftigkeit, die ihn und andere oft seine Jahre vergessen machte. So schien diesen Abend sein Puls schneller zu schlagen, sein Blut jugendlicher in seinen Adern zu fließen, und endlich erklangen auch, vom Saft der edelsten Trauben angefüllt, die Gläser. –

Das Gespräch lenkte sich noch einmal eigensinnig auf den Pächter Heil und auf die Liebe, und Hartknopf bewaffnete sich diesmal mit Doktor Martin Luthers Tischreden, die er aber in diesem Zirkel nicht nennen durfte, und sagte, indem die Jungfer St. ihr Glas mit dem seinen anklang, folgende Losung:

Wein und Liebe, und Gesang!

Nun war schon vorher die Rede von dem trefflichen Gesang der Jungfer St. gewesen, welches Lob sie bescheiden von sich gewiesen hatte, nun aber nicht ferner konnte, da sie auf Befehl des Herrn von G. es bestätigen mußte. Sie sang und spielte also zum Beschluß folgendes kleine Lied, welches der Herr von G. ebenfalls aus dem Französischen der Madame .... in seine Art Verse übersetzt hatte, und fast zu gerne es immer wieder hörte:

> Zu glauben, daß man grade geht,
>   Blind sein, und sich verirren;
> So geht ein Narr voll Gravität,
>   Die Bücher ihn verwirren,
> Und in seiner Gelehrsamkeit
>   Ist er blind, töricht jederzeit.

Hartknopf fing schon an, über dies Lied ein wenig verdrießlich zu werden; denn er konnte die Mystik wohl leiden, bis auf den Punkt hin, wo sie das menschliche Wissen ausschließt und für Torheit achtet. Hartknopf hatte sehr viele Achtung für das menschliche

Wissen, es mochte sich aufwärts oder abwärts erstrecken; am liebsten war es ihm aber, wenn es von der Ceder bis zum Ysop reichte – und weil dies so selten in diesem Lande der Fall ist, so mochte er gerne fremdes Wissen dem eigenen ansetzen, um sich allmählich eine Leiter zu bauen, auf der er ein wenig über die Erdfläche emporsteigen und um sich herschauen konnte. Wer ihm da nun eine Stufe unter den Füßen wegbrach, den mußte er wie einen hämischen Feind betrachten, der ihm ein unschuldiges Vergnügen mißgönnte, und beinahe so betrachtete er den Herrn von G. in diesem Augenblick, da die Jungfer St. auf dessen Befehl das obige Lied sang.

Er lenkte, da es vorbei war, das Gespräch so bald wie möglich auf Kenntnisse und Wissenschaften und gestand ein, daß er sie zur Leiter brauche, weil er nicht fliegen könne; und derjenige, welcher fliegen könnte, doch immer sehr Unrecht täte, wenn er dem, welcher es nicht könnte, noch dazu die Leiter wegrücken wollte.

Das wollte nun der Herr von G. wahrlich nicht, sondern es war eine ganz andere Ursache, weswegen er das Lied gerne hörte, die aber Hartknopf nicht wußte; den es daher auch gar nicht gereute, daß er den Herrn von G. durch seine harten und spitzen Worte tief beleidigt hatte. Denn ihm war es nur um die Sache zu tun und er sah die Kluft vor sich, welche zwischen ihm und dem Herrn von G. lag, aus dessen Hand er in dem Augenblick die seinige zog.

Der Herr von G. dachte sich nämlich bei dem Narren voll Gravität in dem Liede unter anderem den verstorbenen Pfarrer in Ribbeckenau, welcher wirklich Gelehrsamkeit besaß und dem Herrn von G., der sich anfänglich mit ihm eingelassen hatte, in seinem Leben manches Herzeleid verursachte. In der Freude seines Herzens, da er nun seinen teuren Hartknopf mit dessen Vorgänger verglich, ließ er die Jungfer St. das Lied singen, und dachte nicht daran, daß es auf Hartknopf eine so widrige Wirkung tun könne.

Freilich hatte der Herr von G. einen Widerwillen gegen den Stand der Prediger überhaupt und traute ihnen nicht viel zu, wie folgende Stelle in einem seiner Briefe beweist, welcher mir zu Händen gekommen ist;

»Wie Herr Pastor Dammermann steht, so stehen die meisten Pastores, die wirklich Gott fürchten, aber bei ihren Lehrbegriffen stehen bleiben. Sie verstehen nicht, was mystische Schriften sind, indem sie keine Erfahrung davon haben. Es ist auch nicht gut, sich mit solchen, wenn sie nicht was Tiefes erkennen, allzu bekannt zu machen, weil man leicht mit einem Heuchler könnte bekannt werden, der sich gut zu sein stellen könnte, und alsdann könnte ein solcher einem leicht Verfolgung und allerlei Leiden erwecken.«

Nun kamen aber noch mehrere Dinge zusammen, welche die Vorliebe des Herrn von G. zu dem obigen Liede, wo nicht entschuldigen, so doch erklären. –

Es war nämlich damals gerade eine Schrift wider die Schwärmerei erschienen, welche viel Aufsehen machte, deren Verfasser mit einer Selbstgenügsamkeit ohnegleichen und mit einer bitteren Unduldsamkeit alles in eins warf, was ihm freilich eins zu sein schien; welcher so wenig Sinn hatte, das Zarte vom Groben zu unterscheiden, daß dieses Buch freilich den Herrn von G. empören mußte, statt ihn aufmerksam zu machen.

Folgende Stelle schien ihm besonders hart, und er konnte sie nie ohne Unwillen lesen:

»wer es auch sei, der euch von einem inneren Worte, von höheren Offenbarungen spricht – hütet euch vor ihm, wie vor der Pest, die im Finstern schleicht – er ist ein bübischer Gleißner, oder ein intoleranter Dummkopf, und in dem einen Falle so gefährlich wie in dem anderen.«

Nun war der Herr von G. weder ein Gleißner noch ein Dummkopf, und sprach doch auch von einem inneren Worte und von etwas, das er für höhere Offenbarungen hielt, – die Stelle in dem Buche würde ihm aber doch nicht so hart aufgefallen sein, wenn der ganze Geist des Buches wider die Schwärmerei ihn nicht schon gedrückt hätte.

Denn es war ihm immer unerklärbar, daß es für irgendjemanden möglich gewesen sei, so zu schreiben – seine Zartheit des Denkens konnte jene Grobheit nicht übertragen, sondern erlag darunter. –

Nun hatte er aber doch bei aller Tötung der Eigenheit immer noch so viel Selbstgefühl, daß er wohl wußte, eine Denkkraft, welche die Sache fein zu nehmen weiß, sei mehr als eine solche, die das nicht vermag.

Dies hob ihn selbst wieder in seinen Gedanken empor und nährte den kleinen mystischen Übermut, der ihn zuweilen anwandelte. Der Narr voll Gravität stand dann vor ihm, der in seine Worte eine Gravität legen wollte, die seine Gedanken nicht hatten.

Dies war die sonderbarste Mischung von Überlegenheit und Schwäche, die man sich denken kann – und eben daraus entstand das Disharmonische jenes unmerklichen Übermutes bei dem Herrn von G., welchen Hartknopf nicht ertragen und seinen Spott darüber nicht zurückhalten konnte.

Als ihm aber der Herr von G. die oben erwähnte Stelle in dem Buche zeigte, welches broschiert auf dem Klavier lag, so wurde die Miene des Spottenden allmählich wieder sanft und gut.

– Ja, sagte Hartknopf, mir fällt immer jener lahme Schulmeister ein, der in seiner Schulstube saß, die Rute und den Stock aus dem Fenster gesteckt, und dazwischen durchsah, wie die Jungen im Dorfe schwärmten.

– Ach, wie sie schwärmen! seufzte er, wenn ich sie wieder habe, wie will ich sie züchtigen!

Der Herr von G. lächelte und sagte: – die schwärmenden Bienen saugen den Honig!

– Wohl! erwiderte Hartknopf, aber sie wohnen und bauen den Honig in ihrem Korbe!

Hiermit wünschte man sich einander gute Nacht. Die Frau St. wies Hartknopf sein Lager an, und ihre Tochter begleitete den Herrn von G.

Elias

Die Züge dieses Namens schienen noch nicht ganz verweht zu sein, als Hartknopf am folgenden Morgen bei seiner Rückkehr von dem Herrn von G. wieder auf denselben Fleck in dem Fichtenwald kam, wo er mit seinem Stabe Figuren in den Staub schrieb.

Eine süße Ahnung kam in Hartknopfs Seele. Es war ihm noch aufbewahrt, unter dem Hochgericht von Gellenhausen den alten Rektor Emeritus wiederzusehen; denn dieser war sein Lehrer und Meister, sein Elias –

Es war der einzige Freund seiner Jugend, an dessen Hand er zuerst den Felsen erstieg, an Abgründen wandelte, dem Wasserfalle horchte, dem kommenden Sturme entgegen ging und in der einsamen Hütte sich vor dem Regen barg.

Wenn schwarze Gewitterwolken hinter der Stadt sich auftürmten wie ein Berg, und die Sonne mit ihrem Glänze dicht auf dieser Dunkelheit ruhte, so eilten Hartknopf und sein Lehrer mit ein paar Schritten hinaus ins Freie und standen wie das erste Menschenpaar auf dem einsamen Erdkreis vor der mächtigen Erscheinung im dämmernden Licht da.

Dann war wie ein Traum in des Knaben Seele seine Kindheit, sein Beginnen, sein Wandeln an seines Führers Hand. Es deuchte ihm Täuschung, und doch wirklich. Die süße Täuschung währte, so lange das Licht die Nacht umsäumte; war aber die Sonne hinter dem Wolkenberg ganz versunken, so war auf einmal wieder alles so gewöhnlich: auf dem Turm schlug der Seiger; man eilte durch den Garten in die Stube; da waren die weißen Wände, das Tintenfaß und der Bücherschrank; man setzte sich an den Tisch und lernte Sprachen.

Wenn aber Himmel und Erde mit Macht in des Knaben Seele sich spiegelten und die zarte aufschießende Knospe auseinanderdrängten, so hing sein schmachtendes Auge am Auge seines Lehrers, das ihn allein verstand.

Wenn dann im Glänze des Vollmondes die kleine Stadt mit dem spitzen Turm vor ihnen lag und Berge und Täler rund umher, und das Entfernteste wie ein Gewölke sich am Horizont gelagert hatte, so saß Elias auf dem abgehauenen Stamm der Eiche, und der wunderbare Knabe stand vor ihm und horchte auf die göttlichen Lehren, die wie Honigtau von den Lippen träufelten und, von des Knaben Seele aufgefaßt, wie ein Kleinod in das Innerste seines Busens verschlossen wurden. –

In der nächtlichen Stille erhob Elias seine Stimme und sprach:

»Die unendliche Erde, die dich trägt, verschmäht den Kuß deines Fußes nicht, denn dein Scheitel ist ihre Krone. »

Hier legte er seine Hand auf des Knaben Haupt und ließ sie an seinen Locken hinuntergleiten.

»Dein leisester Fußtritt bebt in ihre innersten Tiefen.

»Sie lockt den steigenden Vogel und den befiederten Pfeil mit sanftem Zuge an ihre Brust zurück.

»Aus ihr strömt Lebenskraft in deine Adern, wenn du aufrecht stehst und wenn du wandelst.

»Sieh diesen Baum und jene wallenden Saaten.

»Sie gab deinem Körper die Biegsamkeit des Halmes, vereint mit der Stärke des Baumstammes – und deine Fingerspitzen pflücken Blumen, die ihrem Schoß entsprießen.

»Dein Blick schaut himmelwärts – sie aber heftet ihn wieder auf das Kraut und auf das Steinchen zu deinen Füßen.

»Sie ist die Allesernährerin, Große, Geheimnisvolle.

»Wer sich an sie schmiegt, der sitzt im Rat der Götter.

»Sie hat mit dir geredet und grüßt dich mit dem Kusse meines Mundes.«

Der Umweg

Er fühlte sich angezogen und zurückgestoßen, als er den Turm von Ribbeckenäuchen wieder vor sich sah.

Die Straße ging durch das Dorf, ein Fußweg ging vorbei – sollte er die gerade Straße oder den krummen Fußweg gehen?

Er ging die Straße nicht; denn sein Innerstes war mit sich selbst im Streit. –

Hier war es, wo seine Lebensbahn aus dem Gleise wich; auf diesem Fußweg um das Dorf bildete sich im Kleinen ab, was ihn Jahre hindurch quälen würde.

Für ihn war die breite Heerstraße, welche vom Aufgang bis zum Niedergang die Länder durchschneidet, die von den Menschen nach ihren Zungen und Sprachen benannt sind. – Der Fußweg um das Dorf aber vollendete und verlor sich in sich selber.

Und Hartknopf fühlte durch diese sanfte Krümmung sich unwillkürlich angezogen, von der anderen Seite wieder in das Dorf zurückzukehren.

Die süße Täuschung erhielt in seiner Seele die Oberhand. Das häusliche stille Leben stellte sich ihm in mit seinen reizendsten Farben dar; das wirtbare Stübchen mit dem runden Tischchen; der grüne Kirchplatz, dem Fenster gegenüber, und den spielenden Knaben des Dorfes.

Auf dem krummen Pfad, der sich durch die grünen Saaten schlängelte, malte seine Phantasie das in sich selbst vollendete ruhige Leben aus, das kein höheres Ziel als sich selber kennt und seinen schönen Kreislauf mit jedem kommenden Tage wiederholt.

So wie hier der Weg in die Krümmung sich verlor, verlor sich seine Aussicht in das Leben in süßen Traum vom Erwachen zu frohen Tagen, vom Genuß des Lebens und der Gesundheit bei dem harmonischen Wechsel der Jahreszeiten.

Das Vermiedene stellte sich ihm nun so reizend dar, eben weil er es geflissentlich vermeiden wollte – da rächte es sich an seiner Phantasie mit den Farben des Morgenrots, worin alle seine Bilder und Gedanken sich kleideten; ob es gleich die schwüle zukunftschwangere Mittagstunde war, in welcher er auf einsamem Pfade um das Dorf ging. –

Dieser hohe Mittag lud ihn in den wirtbaren Schatten ein, wo sanfte Kühlung herrschte, wo schon die Blicke ihn willkommen hießen, die ihn gestern so freundlich wiederzukommen baten.

Alles war so still auf dem Felde und im Dorfe. Nur die summende Fliege weckte das Ohr zu horchen, und leise Wünsche stahlen sich in die Seele des Einsamen, der mit schnellen Schritten vorwärts ging, je näher er sich am Ziele sah.

Am Ziele, das im Widerschein der Phantasie sich dicht vor seine Augen hingezaubert hatte und bald, da er es fest zu umfassen glaubte, in die ungemessene Ferne wieder zurückwich. –

Aber auch dieser Wirbel vermochte den Strom nicht in seinem Laufe zu hemmen, welcher Dämme durchbrach und sich sein Bett durch Felsen wühlte.

Die willkommene Tür des Pächters Heil öffnete sich und nahm den Wanderer auf.

Sophie Erdmuth saß in einer Ecke, und nähte, als Hartknopf in die Stube trat; sein erster Blick fiel auf sie. Ihn bewillkommend stand sie auf und erwiderte durch einen sanften Händedruck seinen Blick voll ernster Liebe.

Er aß bei dem Pächter Heil das Mittagsmahl. Als er über das Torfmoor nach Ribbeckenau wieder zu Hause kehrte, ertönte ihm unterwegs folgende Sinfonie.

Die Sinfonie

Am Abend kehren die Schnitter heim vom Felde, und schleppen ihre Sensen nach.

Dem Hungrigen ist das Mahl, dem Müden die Lagerstatt bereitet.

Sie grüßen das Dach der gewohnten Hütte, und das kleine Fenster in der leimernen Wand.

Sie lagern sich, ehe die Dämmerung kommt, und schlummern, bis die Lerche erwacht.

Dann hebt das neue Tagewerk an – und immer wächst die Mühe, je höher die Sonne steigt.

Und wenn der Schweiß von der Stirne träuft, so labt ein erquickender Trunk den Gaumen; bis die Stunde des Mittagsmahls mit schwerem Schritte heranrückt.

Nun lagern die Müden sich in den Schatten, verzehren hastig ihr Mahl und eilen schnell wieder an ihr Werk, denn ein Gewitter steigt herauf.

Die donnerschwangere Wolke lähmt den Arm, die Hände werden lass.

Aber siehe! von Abend her erhebt sich ein kühler Wind, die Wolken zerteilen sich – das drohende Gewitter zieht vorüber.

Nun ist der Schweiß getrocknet; die Sensen heben sich in schnellerem Takt, die Ähren fallen dichter; das Feld ist leer.

Nun, denkt der Arbeiter bei sich selber, eilt der Abend näher; ich werde bald auf dem Lager liegen. Es dauert nicht lange mehr. Und während er noch so denkt, ist es schon Feierabend.

Eilend nimmt er das Mahl zu sich, um sich zu der morgenden Arbeit zu stärken und Zeit zum Schlaf zu gewinnen.

Kaum hat er sich niedergelegt, so ist Gedanke und Bewußtsein ihm entflohen, bis die Liebe zur Arbeit ihn mit der Morgendämmerung wieder weckt.

Der Prediger schlummert noch ein Weilchen, aber nicht lange mehr; er grüßt die Morgenröte in der Laube in seinem Garten hinter der Pfarrwohnung.

Er durchwandert die schmalen Pfade zwischen den angepflanzten Beeten, und sieht was keimt, und was im Mutterschoß der Erde noch verschlossen bleibt. –

Dann eilt er auf die Wiese durch das Gartentürchen und saugt aus Blumen und Kräutern den Honig seiner Rede.

Hier lernt er betrachten und unterscheiden, was in der einfachsten Bildung Mannigfaltiges ist, und lernt das Mannigfaltige wieder vereinfachen, wie den Strauß von Blüten. Hier ordnen sich seine Predigten an die horchende Menge und an den einsamen Trauernden.

Er späht den wunderbaren Bildungen in ihren ersten Keimen nach, und ahnt leise, wo er nicht frei zu denken wagt.

Die einsame Stunde, mit dem Schleier umhüllt, verfliegt ihm schnell und macht der geselligen im rosenfarbenen Gewande Platz.

Sie kommt im holden Reihentanz mit ihren Schwestern und ladet den frohen Einsamen in ihre Umarmung ein. –

Die Pfarrwohnung ist doch bequem, obgleich die Stuben schiefwinkelig sind. Auch in schiefwinkeligen Stuben wohnt die stille Freude und süßes Lebensglück. –

Da steht in einer Ecke der braune Bücherschrank, und in der anderen der pyramidalische Aufsatz zum weißen hellklingenden Porzellan. Das alles ist so glänzend und so schön; die Griffe an den neugemachten Türen sind poliert, die Küche ist hell und groß. Die Fenster des Studierzimmers sind nach dem Garten zu, und grüne Vorhänge schützen gegen den brennenden Sonnenstrahl.

Und wohnt die Liebe nicht in Hütten des Landmanns, so wohnt sie doch viel bequemer in der zierlichen Pfarrwohnung, die wie ein Palast über den Hütten emporragt, und wo der Rauch vom Herde nicht aus der Tür zieht, sondern durch den Schornstein in die Luft emporsteigt.

Hier tönen oft in stillen Stunden die Saiten des Klaviers und sind ein sanfter Widerhall vom schönen Lebenswohllaut.

So fliehen die Tage hin, und kehren niemals wieder? – Dieselben nie; denn das Zufällige verschwindet, aber das Wesen der Dinge erneuert sich in ewiger Jugend.

Hartknopf lernt den Grobschmied Kersting kennen

– der kam links von einem benachbarten Flecken auf einem schmalen Weg über das Torfmoor hingewandert, als die Sonne sich schon zum Untergange neigte – da gesellte er sich zu dem Prediger Hartknopf, dessen erste Predigt in Ribbeckenau er in einem dunklen Winkel in der Kirche mit lauschendem Ohre vernommen hatte.

Denn er mochte sich der Gemeinde nicht zeigen, weil er eine zu seltene Erscheinung in dieser Kirche war, deren Schwelle bei Lebzeiten des verstorbenen Pfarrers sein Fuß niemals wieder betrat, nachdem er sich einmal an Gestalt und Gebärde des Redenden geärgert hatte.

Bei dem ersten Abendgruße aber fand Hartknopf seinen Mann an diesem geraden und unbiegsamen Wanderer durch das Leben, der mit festem Tritt den Boden zeichnete, der ihn trug, mit freiem Auge in die Weite um sich her blickte und mit wohlwollendem Anstande Hartknopf seine Rechte bot.

Dieser Grobschmied Kersting war ein stiller Einwohner in Hartknopfs Pfarrdorfe; allein er war wegen seiner Geschicklichkeit in Pferdekuren in der ganzen umliegenden Gegend berühmt. Daß er aber auch Menschenkuren durch die Zaubermittel einer wohlabgewogenen, aus dem Innersten des Herzens strömenden Beredsamkeit verrichtete, darum rühmte ihn niemand, denn niemand wußte es, der gebessert von ihm ging, durch wessen Rat er gebessert ging – weil Kersting den Menschenarzt unter dem Pferdearzt und Grobschmied so fein zu verstecken wußte, daß ihn unter dieser groben Hülle niemand ahnte.

Ich lernte diesen merkwürdigen Mann, welchen ich, da ich Hartknopf besuchte, in Ribbeckenau nicht vorfand, erst viele Jahre nachher auf einer Reise von Hannover nach Braunschweig auf dem Postwagen kennen, nachdem er schon lange in einer ganz anderen Lage gewesen war, und doch noch immer Vergnügen daran fand, unter dem Titel eines Grobschmieds seinen Rang und Wert unter den Menschen vor neugierigen Augen zu verbergen. Denn, so wie viele die Sucht haben, mehr zu scheinen, als sie sind, so hatte er den Fehler weniger scheinen zu wollen als er war.

O wie fühlte ich damals mein Herz erweitert, als ich diesen simplen Mann, der sich beim Ausfahren aus dem Stadttor als Grobschmied angegeben hatte, auf dem Postwagen hinter mir sitzend, mit seinem zehnjährigen Sohn Worte der Weisheit, eine seltene Sprache reden hörte, die nur hier und da aus einem Munde noch widerhallt, damit sie im Gedächtnis der Menschen nicht ganz verlösche. –

Seine Worte hoben allmählich die Scheidewand weg, die durch Alter, Sitten, Stand und Sprache Menschen von Menschen sondert. –

Die Menschen fanden sich und kannten sich wieder vom Anfang bis zum Niedergang und wunderten sich, so lange sich verkannt zu haben. Der hohe Gedanke der immerwährenden, sich stets selbst verjüngenden Menschheit durchbebte die Seelen.

Wir hatten die Wälle und Türme von Braunschweig schon im Angesicht. Wir alle waren einige Minuten still; der Knabe schmiegte sich gerührt an seinen Vater; und ein armer polnischer Jude, welcher mitfuhr, hob in hebräischer Sprache den Psalm an herzusagen.

»Wenn die Hilfe aus Zion kommen wird, dann werden wir sein wie die Träumenden.«

»Dann wird unser Mund voll Lachens und unsere Zunge voll Rühmens sein.«

»Da wird man sagen unter den Heiden: Der Herr hat Großes an ihnen getan.«

»Der Herr hat Großes an uns getan; des sind wir fröhlich«

»Herr, wende unser Gefängnis, wie du die Wasser gegen Mittag trocknest.«

»Die mit Freuden säen, werden mit Freuden ernten.«

»Sie gehen hin und weinen, und tragen edlen Samen, und kommen mit Freuden, und bringen ihre Garben. »

Der Jude dachte nicht daran, ob ihn jemand verstand oder nicht, da er den Psalm hersagte, und alles war aufmerksam und still im sympathetischen Mitgefühl der Menschheit, die sich sehnt, dem

Druck entnommen zu sein, der auf ihr liegt, und in ihrer angestammten Größe wieder zu schimmern.

Der Grobschmied Kersting stieg vor dem Tor vom Wagen herab und ließ uns in einem angenehmen Staunen zurück über den wunderbaren Mann, den wir in unserer Mitte gehabt hatten. –

Nie werde ich seine Gestalt und die Würde und Wahrheit in seinem Blick vergessen, womit er die Gemüter beherrschte. Denn damals ruhte auch Hartknopfs Geist auf ihm, mit dem er nun bei Sonnenuntergang auf Ribbeckenau zuwanderte, und zum ersten Mal die süßen Worte der Erkennung vom Anbeginn verwandter Seelen mit ihm wechselte.

Diese Erkennungsworte lösen sich immer wieder in einem einzigen hohen Begriff auf, der heißt:

Humanitas.

Der Küster Ehrenpreiß und die Bauern

Als sie nahe am Dorfe waren, begegnete ihnen der Küster Ehrenpreiß mit einigen Bauern, und murmelte für sich die Worte: par nobile fratrum!

Die Bauern fragten ihn, was das hieße, und er sagte; ein paar saubere Brüder! Die werden schöne Dinge anrichten!

– Der eine hat bei seiner ersten Predigt schon das Signal gegeben, und der andere stand in einem Winkel in der Kirche und horchte, was der neue Prophet sagen würde.

Die Bauern schüttelten bedenklich die Köpfe über den neuen Propheten, der mit dem Atheisten und Goldmacher Kersting in das Dorf zurückkehrte.

Und als sie nun gar sahen, daß Hartknopf den Kersting in sein Haus begleitete und dieser dann die Türe hinter sich zuschloß, so machten sie das Zeichen des Kreuzes und gingen mit gen Himmel emporgehobenen Augen auseinander.

Das Abendmahl

»Brannte nicht unser Herz in uns, da er auf dem Wege mit uns redete?«

Kersting; – Beliebt noch eine Hälfte von der Taube?

Hartknopf: – Ich habe genug von der Taube.

Kersting: – Sie ist nicht hölzern.

Hartknopf: – Ich mag nicht an die hölzerne erinnert sein.

Kersting: – Nein, es wäre auch schade darum, das schöne Bild so zu entstellen. Mir ist die Taube im hohen Liede das zarteste Sinnbild der Liebe, ohne welche das Leben leer ist.

Hartknopf: – Warum noch einmal auf denselben Punkt.

Kersting: – Weil ich ins Herz treffen will. Wir haben nur von der himmlischen Weisheit gesprochen; die muß sich notwendig in einem sterblichen Leibe zu den Sterblichen herabsenken, und heißt alsdann: Sophia Erdmuth.

Hartknopf schwieg, und Kersting schenkte zwei Pokale voll Wein, die wurden schweigend ausgeleert. –

Und nun stimmten die allgemeinen Begriffe sich allmählich zur Individualität herab.

Man träumte sich ein süßes Lebensglück, das den Sterblichen so nahe läge, wenn sie es nur ergreifen wollten. Die Gedanken verloren sich in Scenen von häuslicher Glückseligkeit, von ruhigem Beieinandersein, und Vergessen der weiten Welt umher.

Ein treuer Handschlag versiegelte das Freundschaftsbündnis. Hartknopfs Entschluß wurde tief in seinem Busen fest, und als ein verlobter Bräutigam verließ er noch diesen Abend die Schwelle seines Gastfreundes.

Mein Besuch bei Hartknopf in Ribbeckenau

Ich fand ihn im Garten, wie er Bohnenstangen setzte, und er bewillkommnete mich unter den Bohnenstangen. Er war nun der völlige Hauswirt geworden, denn er hatte auch Bienenkörbe, die er mir zeigte.

Ich brachte ihm wieder Rettichsamen mit, denn der, den ich schickte, hatte auf seinen Feldern noch nicht gedeihen wollen.

In seinem Antlitz glänzte eine heitere Freude – und dann zuweilen wieder ein tiefes Nachdenken.

Er hatte mir schon geschrieben, daß er verlobt sei. Ich wünschte ihm Glück dazu, und er dankte mir bloß mit einem Händedruck. –

Nun war auf den nächsten Sonntag gerade eine große Feierlichkeit in Ribbeckenau, bei welcher ich mit zugegen war. Die Kirche in Ribbeckenau hatte nämlich hundert Jahre gestanden und feierte nun ihr erstes Jubelfest, und Hartknopf hatte schon allerlei Veranstaltungen getroffen, um diese Feierlichkeit recht glänzend zu machen.

Ribbeckenau schien wirklich seine Welt geworden zu sein – er hatte einen Zauberkreis um sich hergezogen, der das, was er umschloß, in seinen Gedanken zu einem Elysium umschuf.

Das Jubelfest

Der feierliche Tag war nun da; man läutete die Glocken – die benachbarten Dorfschaften hatten sich versammelt. Die Menge der Zuhörer fand in dieser Kirche keinen Platz. –

Der Grobschmied Kersting war bei diesem Jubelfest verreist. –

Musik und Rede sollten nun vereint auf die Zuhörer wirken.

Vokal- und Instrumentalmusik war beisammen, denn aus dem nächsten Städtchen waren die Chorschüler zu diesem Fest geladen, und der adjungierte Kantor aus eben diesem Städtchen dirigierte die Musik.

Die Musik sollte sich mit einem vollstimmigen Hallelujah schließen, und Hartknopfs Rede mit einem Hallelujah in die Musik einfallen. Welcher Genius ihn auf diesen sonderbaren spielenden Einfall brachte, ist mir noch jetzt ein Rätsel.

Wie nun ein Unglück selten allein kommt, so war die alte Emporkirche, auf der die kleine Orgel stand, lange nicht so gedrückt und erschüttert worden, als jetzt durch die Bewegungen der Sänger und Saitenspieler, und vorzüglich durch den Fußtritt des adjungierten Kantors, welcher den Takt trat.

Nun stand aber oben auf der Orgel, gerade der Kanzel gegenüber, mit losen Füßen, wie schwebend, ein großer vergoldeter Engel. – Dieser fing zuerst allmählich an zu nicken, sowie der Kantor mit dem Fuße auftrat – und nachdem er verschiedene Male vorwärts genickt hatte, stürzte er auf einmal mit gewaltigem Sturze mitten unter die Sänger, die ihm Platz machten und unbeschädigt, aber erstaunt und erschrocken um ihn her standen.

Der mächtige Fußtritt des Kantors machte, daß die Musik noch wieder in Takt kam.

Hartknopf trat auf die Kanzel, und das bedeutende Hallelujah, womit der Chor sich schließen sollte, wälzte sich nun erst durch eine Anzahl Fugen hindurch, wo der Alt, nach einer Pause immer einfiel, mit: Ha! – Ha!, so daß die letzte Silbe von Hallelujah zusammentraf, um den abgebrochenen Freudenschrei desto vollkommner nachzubilden, in welchen dann Hartknopfs Hallelujah von der Kanzel einfallen sollte.

Nun hatte der herabgestürzte Engel zwar einige Unordnung erregt; aber alles ging doch noch gut, bis auf den Altisten, neben welchen er dicht niedergestürzt war, und der sich noch nicht von seinem Schreck erholt und in der Angst unrecht pausiert hatte, so daß er nun auf einmal, da die ganze Musik vorbei war, mit seinem: Ha! – Ha! aus vollem Halse nachkam, und dieses nachgebliebene: Ha! – Ha! mit Hartknopfs feierlichem Hallelujah von der Kanzel gerade zusammentraf, welches den lächerlichsten Kontrast machte, den man sich denken kann.

Die Jubelpredigt

– schade um sie! daß durch ein feindliches Geschick ihr Eindruck gehemmt, ihre erschütternde Kraft gelähmt wurde!

Und doch auch nicht schade um sie! denn sie wird ebenso wie Hartknopfs Antrittspredigt ihren inneren Wert behalten, wenngleich die Herzen und Sinnen der Bauern in Ribbeckenau dadurch nicht gerührt wurden.

Hartknopfs Predigten sind geschrieben und sind ein heiliges Buch, worin für kommende Zeiten Trost und Stärkung liegt.

Aber die Bauern in Ribbeckenau blickten nur nach den leeren Stellen an der Kanzel und auf dem Orgelgesimse, und ich selbst konnte mich des Lächelns kaum erwehren, wenn ich an das verunglückte Hallelujah dachte.

Alle diese Zufälligkeiten aber nun abgefallen, und Hartknopfs Worte glänzen wieder in ihrer ursprünglichen Reinheit und Klarheit.

»Die Zeiten rollen fort und kehren wieder – es ist nichts Neues unter der Sonne.«

»Steh still, o Wanderer, auf dem Pfade und blicke noch einmal zurück, bis dahin wo des Himmels Wölbung auf der Nacht des Waldes ruht.«

»Du tratest aus dem Dunkel in das Freie, und was du sahst, schien dir nicht unbekannt.«

»Dein Ohr vernahm die längstgewohnten Töne wieder, und du wärest schnell der Sprache dieses Landes kundig.« –

»Du fügtest dich in Sitten und Gebräuche, als brächtest du sie selber mit herüber.«

»Du sprachest von dem, was vor Jahrhunderten geschah, wie von den Angelegenheiten deines Hauses.«

»Du wußtest dich so schnell in das verwickelte Labyrinth, in das du kamst, zu finden, als war es deiner eigenen Hände Werk.«

»Dir lächelte mit dem Strahlenhaupte, verjüngt aus Morgenwolken dein alter Freund entgegen.«

»Den hieß dein Auge mit seinem ersten Blicke willkommen und sieht sich nimmer satt.« –

»Und nimmer hört dein Ohr sich satt. Denn keine Zunge erschöpft, was in dem Innersten deines Busens in tiefe Nacht sich hüllt.«

Das Hallelujah

– mußte notwendig mißglücken, weil es zu einer gesuchten, veranstalteten Scene bestimmt war, die, wenn sie geglückt wäre, einen unauslöschlichen Mißlaut in Hartknopfs Leben gebracht hätte.

Nur seine eingeengte Kraft konnte eine solche Krümmung in sich selber machen, die possierlich werden mußte, sobald die veranstaltete Scene mißlang. Aber die verborgene Federkraft in seinem Busen dehnte sich mit Macht, und zersprengte die Posse wieder.

Dies gekünstelte und gesuchte Hallelujah bestrafte sich wieder selbst, und wurde durch das: Ha! Ha! des Altisten von der Orgel in seiner Geburt erstickt. Dies: Ha! Ha! und der herabstürzende Engel warfen über die ganze Feierlichkeit eine komische Larve, und was von dem Feierlichen nicht echt war, das verwehte, wie Spreu vom Winde.

Warum sind die Anekdotenbücher so voll von komischen Predigergeschichten? Warum hat man nichts lieber als Erzählungen von Ungeschicklichkeiten und Lächerlichkeiten des Pfarrers auf der Kanzel? Kommt es nicht daher, weil man einen gewissen angenommenen feierlichen Ernst schon voraussetzt, mit dem das geringste Komische weit mehr, als im gemeinen Leben absticht? Und würde dies wohl der Fall sein, wenn die Predigten sich mehr der traulichen Unterredung, so wie bei den ersten Christen, näherten? Wenn der Predigtstuhl weniger erhaben wäre und der Prediger weniger stolz auf die Gemeinde zu seinen Füßen herabsähe?

Bei der gewöhnlichen Unterredung fallen die Besonderheiten der Menschen nie so sehr auf, als wenn sie öffentlich auftreten und mit einer gewissen angenommenen Feierlichkeit reden. Dann wird erst jede Kleinigkeit bemerkt, die vorher unbemerkt blieb, und der Lacher und Spötter findet reichen Stoff. – Das gesuchte Feierliche war sonst so ganz und gar Hartknopfs Sache nicht, daß er diesmal gleichsam aus seinem Wesen hinweggedrängt schien, da er von der Kanzel in das Hallelujah von der Orgel einfiel.

Aber er verkannte sich auch selbst in diesem Augenblick – er glaubte, er sei zum Prediger in Ribbeckenau geboren und brach darüber in ein falsches Hallelujah aus, das sich augenblicklich selbst an seinem Urheber rächte.

Sophia Erdmuth

Ihre jungfräuliche Seele bildete sich unter dem Einfluß eines sanften Gestirns. Sie wuchs unter den Blumen, und mit den Bäumen in ihres Vaters Garten auf.

Sie schlug vor dem blendenden Glanze der Himmelswölbung bescheiden ihre Augen nieder und bückte sich herab zu dem Veilchen, das mit gesenktem Haupte auf der Wiese stand. Die liebende Natur mit Morgenrot und Wies' und Wald war selbst die Freundin und Gespielin ihrer Jugend. –

Dem väterlichen Hause entwachsen, führte ihr Bruder sie in seine stille Wohnung, wo sie mit ihm fünf goldene Jahre lebte. Als Hartknopf über die Schwelle trat, veränderte sich ihr Lebensplan. –

Es war an einem schöngewählten Frühlingstage in der stillen Laube im Garten, als Hartknopf, welcher schon ihr Herz besaß, um ihre Hand anhielt, die der Pächter Heil mit Bruderliebe in die seinige legte und sagte: sie ist dein!

Schreiben des Herrn von G. an Hartknopf

»Ich wünsche Sr. Wohlehrwürden, meinem lieben Andreas zu seiner Verbindung von Herzen Glück, in dem Verstande nämlich, worin er und ich das Glück zu nehmen gewohnt sind – nicht als ob wir es schon ergriffen hätten oder ergreifen könnten, sondern als diejenigen, die da harren, bis ihre Auflösung kommt. Bis dahin muß ja Leid und Freude übertragen und eins ins andere verrechnet werden, weil man sonst auch bei den glücklichsten Evenements nicht auskommt.«

»Die Jungfer Sophie Erdmuth ist, soweit ich sie kenne, ein sehr sanftes und gutes Frauenzimmer, welche richtig urteilt. Sie wird einen Mann sehr glücklich machen, der von nun an in seinem Gleise fortwandelt und sich weder zur Rechten noch zur Linken umsieht. – Da nun die Kreuzesschule, wozu ich meinen lieben Hartknopf eingeladen, ein Paradies für ihn zu werden scheint, so wünsche ich denn, daß dies Paradies bald möge durch ihn bevölkert und ich zum Zeugen des Erstgeborenen mit gerufen werden, so lange ich von Begebenheiten auf dieser Erde noch ein Zeuge sein kann. Es ist sehr wahr, was er schreibt, daß die Sonne noch nicht aufgegangen sei, unter der wir leben und wirken können, daß wir und kommende Geschlechter noch in Zelten im Dunkel des Waldes übernachten und harren müssen, bis die Morgenröte anbricht – – und so kann ich es ihm auch wahrhaftig nicht verargen, »daß er sich sein Zelt aufschlägt, und in der kalten Morgenluft nicht unter freiem Himmel liegen will.«

»Damit er auch das Zelt mit Quasten und Frauschen verzieren könne, bitte ich, Inliegendes als einen kleinen Beitrag zu seiner ersten Einrichtung anzunehmen. – Und so wollen wir denn in Geduld den Tag des Aufbruchs aus dem Lager erwarten, und uns bis dahin einrichten, so gut wir können, aber ja die Stäbe nicht zu fest einschlagen, sondern die Erde umher locker lassen, damit wir nicht langsam erfunden werden, wenn es gilt schnell zu sein. – Der innere Friede sei mit uns!«

Die Trauung

Diese verrichte der alte Superintendent Tanatos. Sein Urältervater hieß Tod und nannte sich Tanatos, als er in Erfurt Magister wurde.

Der alte Superintendent Tanatos verrichtete die Trauung selber, weil er seinen Substituten die Gebühren nicht gönnte. Er wußte nicht, daß dieser Trauungsakt sein letzter war.

Der weite Priesterrock hing über der hageren Gestalt; die Augen lagen tief im Kopf. Die Knie wankten, das Haupt bebte; die Zähne schlotterten im Munde.

Mit beiden Händen faßte er das hundertjährige Formular, das eiserne Klammern hatte, und las die Flüche des alten Testaments dem neuen Ehepaar vor. Zu dem Mann sagte er:

»Verflucht sei der Acker um deinetwillen. Dorn und Distel soll er dir tragen und im Schweiße deines Angesichts sollst du dein Brot essen, bis daß du wieder zur Erden werdest, von der du genommen bist. Denn du bist Erde und sollst zur Erden werden.«

Und zum Weibe sprach er:

»Mit Schmerzen sollst du Kinder gebären, und dein Wille soll deinem Manne untertan sein, und er soll dein Herr sein.«

Es kam an die Worte; »Bis der bittere Tod euch scheidet!«

In sich gekehrt und ernst stand das Brautpaar da. Die letzte entscheidende Frage wurde mit einem leisen Ja! beantwortet; die Ringe wurden gewechselt, das Band war geknüpft, und die furchtbare Zeremonie endete mit der Gratulation des alten Superintendenten Tanatos, dessen Gesicht sich zu einem Lächeln verzog, womit er dem Brautpaar Glück wünschte, und Hartknopf und Sophie die knöcherne Hand reichte.

Das Hochzeitskarmen

– wurde von dem Kandidat Hund, einem Anverwandten des
Pächters Heil, der kürzlich die Universität verlassen hatte, über-
reicht, und hob an, wie folgt:

Wehklagen, und bang Seufzen vom Grauntale des Abgrunds her,
Sturmheulen, und Strombrüllen, und Felskrachen, das laut nieder-
stürzt.
Und Wutschreien, und Rachausrufen erscholl dumpf auf!
Als Adam im Gesicht sah was geschehen einst, im Gericht wird!
Goldpalast, und bemoost Dache
Stürzen ein –
Aber Liebe wird im Schatten
Stiller Nächte sicher sein –
Unaufhörliches Begatten
Hüllet sich in Dunkel ein –
Bleibt dem Forscher unerklärbar
Macht den Weltbau unzerstörbar
Lächelt aus des Lagers Ruh
Heulender Verwüstung zu, usw.

Dieser Kandidat Hund glaubte sein Gedicht durch die Stellen zu
verzieren, die er aus Klopstocks Messiade gestohlen hatte. Er war
ein sonderbarer Mensch, in dessen Kopfe viel und mancherlei
durcheinanderlief. Er hatte auf dem Weg von Ribbeckenäuchen bis
Ribbeckenau das Torfmoor mit Blumen bestreut, die er sich von
einem Bauer in einem Korbe nachtragen ließ. –

Der Tanz der Liebesgötter

Sie gaukelten über der Pfarrwohnung in Ribbeckenau im Schimmer der Abendröte.

Die Bauern von Ribbeckenau rieben sich die Augen, da sie den Schimmer sahen, und wurden dadurch geblendet – denn die Fenster der Pfarrwohnung warfen einen hellen Glanz von sich. Sie war in einen Feenpalast verwandelt, in welchem die Königin der Liebe thronte.

Sie hatte sich auf einer Abendwolke herabgesenkt, und teilte nickend mit den sanften Augenbrauen ihre Befehle aus. Dann hoben die Liebesgötter in mannigfaltigen verschlungenen Bewegungen den geheimnisvollen Tanz in der Abenddämmerung an und schlossen ihn nicht eher, als bis die Morgendämmerung sich am Himmel zeigte. –

Sterblichen Ohren unvernehmbar ertönte die ganze Nacht hindurch die Luft von süßen Lauten, welche den Tanz beseelten. Die funkelnden Sterne leuchteten dazu, und die Stille der Nacht feierte die wonnevolle Scene.

Dreimal näherte sich der Schlafgebieter mit den Schlummerkörnern, aber Pfeil und Bogen der Tanzenden verscheuchten ihn.

Der Grobschmied Kersting besucht das neue Ehepaar

Ich war den Tag vorher abgereist, als Kersting von einer kleinen Reise wieder zurückkam und seinen ersten Besuch bei dem neuen Ehepaar machte.

Er war weder Zuhörer von der Jubelpredigt, die ich mit angehört hatte, noch Zeuge bei der Trauung gewesen, sondern war während der Zeit mit Pferdekuren in der benachbarten Gegend beschäftigt.

Als er nun in die Pfarrstube trat, so fand er die Neuvermählten am Fenster stehend, und ihm den Rücken zukehrend. Auf einmal trat er zwischen sie, und sie fuhren unwillkürlich, mit einem kleinen Schreck auseinander; er aber fügte sie wieder zusammen, legte schweigend ihre Hände ineinander, und eine Träne stand in seinem Auge.

Nun dachte Hartknopf an den ersten Abend, wo sie von der himmlischen Weisheit sprachen und sein Entschluß zuerst in seiner Seele fest wurde. Sophie aber schlug die Augen nieder, wie damals, als sie in dem dunklen Kirchenstuhl saß und Hartknopfs Blicke zuerst den ihren begegneten.

Und was war es, daß eine Träne in Kerstings Auge stand, als er die Hände der Liebenden ineinanderlegte?

Er hatte Sophie lange gekannt, so wie sie ihn; er kannte ihren ganzen Wert – und wußte seinem angebeteten Freunde kein höheres Opfer als dies zu bringen. Wie ein köstliches Kleinod drückte Hartknopf seinen Freund an seinen Busen – und Sophie schlug die Augen auf, und freute sich tief im Herzen, daß zwei edle Männer vor ihr standen, die als Freunde sich umarmten.

In Entzücken schwimmen

Ist es nicht Ausgehen aus sich selbst? Übergehen in ein Etwas, das wir nicht sind? Ruhen in einer sanften Umgebung, mit der wir eins sind?

Hebt das Entzücken nicht da erst an, wo das Gefühl der eingeschränkten Ichheit mit allen seinen Qualen aufhört und ein höheres edleres Leben seinen Anfang nimmt?

Hat die Sprache selbst einen höheren Namen für das Entzücken, als den, welcher auf dies süße Ausgehen aus uns selber deutet; wo wir die Sorgen, die uns drücken, ausziehen wie ein Kleid, und in erneuerter Jugend hervortreten, die sich selber nicht faßt und ihre Götterkraft nicht kennt?

Aber die Stunde der Auflösung ist noch nicht da.

Die Schildkröte zieht sich in ihr felsenfestes Haus zurück, der Igel in sein Stachelnest.

Der schwüle Tag

Zwei Tage waren im süßen Taumel leicht und fröhlich dahingeflogen, der dritte war schwül und schwer.

Schwarze Gewitterwolken lagerten sich am Horizont, und eine drückende Hitze lähmte die Glieder.

Sophie war in diesen Stunden ganz glücklich in ihrer Stube und an ihrem Tischchen, Hartknopf aber war die Stube zu eng, und er ging allein aus.

Nicht unzärtlich – sein scheidender Blick voll Liebe versenkte Sophie in eine süße Ruhe, worin die Momente ihr unbemerkt vorüberflohen; sie hatte nun keine Wünsche mehr, und fühlte doch keine Leere. Der schöne Umkreis ihres Daseins war nun ausgefüllt. Ihr drohten die Gewitterwolken nicht, und ihre Brust atmete sanft unter der drückenden Luft. –

Als Hartknopf nun aus dem Hause trat, begegneten ihm ein paar hämische Bauern, die sich gerade über seine Jubelpredigt und den herabgestürzten Engel miteinander unterhielten. Sie grüßten ihn und sprachen dann wieder leise und hohnlächelnd zusammen.

Hartknopf eilte, daß er aus dem Dorfe kam, da begegnete ihm beim Ausgehen aus dem Dorfe der Küster Ehrenpreiß, der ihm aus einer Art von höhnendem Respekt immer eine tiefe Verbeugung machte, die Hartknopf ärgern sollte. Hartknopf ärgerte sich zwar darüber nicht, aber es war ihm doch fatal, daß er mit diesem Menschen leben mußte.

Er ging über einen schmalen Damm nach dem Krainberg zu, der schwarz und öde vor ihm dalag. Auf der braunen Fläche der Heide ruhte die Nacht des umwölkten Himmels. Hin und wieder stand einsam ein gekrümmter Baum, welcher dem dürren Boden mühsam entwachsen war.

Und zwischen dem öden Heidekraut, stieg Hartknopf den sandigen Pfad hinauf.

Als er nun oben war und in das Tal auf das Torfmoor hinunterblickte, so sah er die beiden spitzigen Türme von Ribbeckenau und

Ribbeckenäuchen in fürchterlicher Nähe vor sich nebeneinander stehen.

In diesem Bezirk lag nun sein Leben, seine Reisen, sein Wirkungskreis – hier endete seine Laufbahn, und ward wie auf einer Landkarte ihm vorgezeichnet.

Immer näher zog das Dunkel, immer schwüler wurde die Luft, und immer gepreßter sein Atemzug.

Der alte Superintendent Tanatos reichte ihm wieder die knöcherne Hand; das Hochzeitskarmen mit der bangen Wehklage tönte wieder in sein Ohr.

Der dunkelumwölkte Himmel ruhte wie eine schwarze Decke über der Erde, und die kleine Turmspitze von Ribbeckenau schien sich in dem niedrigen Gewölk zu verlieren. Einsam trauerten ein paar dürre Baumstämme auf der Heide; das niedergebückte Alter hatte sie beschlichen.

Mit schnellen Schritten wandelte er die Anhöhe wieder herab, denn der Tag hatte sich geneigt; und so wie er hinunterstieg, zog sich immer enger und enger sein Horizont um ihn zusammen. Wie ein Traum waren vierzig Jahre verschwunden, und er ging auf eben diesem Fleck gebückt am Stabe, und immer noch wanderte ihm zur Seite der Küster Ehrenpreiß mit ihm über das Torfmoor, dann schloß sich die Laufbahn auf immer.

Alles lief nun in einem fürchterlichen Punkt, in einer traurigen Spitze aus.

Unaufhaltsam lief der Sand im Stundenglas, und das Ziel war da, nichts war dazwischen als die einförmige Wiederkehr dessen, was schon da war. Schrecklich öffnete sich der Abgrund dicht vor den Füßen des Wanderers.

Das enge Grab war nun da – die Erde scholl dumpf auf den Sarg; keine Aussicht, kein Gedanke an die Zukunft mehr. Alles verbaut, verschlossen und gehemmt – zwischen öden Mauern, die des Tages Glanz verdeckten. –

Sowie nun Hartknopf über den kleinen Dorfkirchhof nach Hause ging, erleuchtete ein Blitzstrahl die goldene Schrift an den Kreuzen auf den Grabhügeln. Sie flammte einen Augenblick, und verlosch wieder in schwarzer Nacht.

Die Kirchhofmauer lief so enge zu, die Grabhügel waren so dicht aneinandergedrängt.

Auf einmal sah sich Hartknopf vor der Tür seines Hauses, sein liebend Weib empfing ihn mit ausgestreckten Armen, und er erwachte wie aus einem schweren Traum.

Die Schmiede

– war dem Pfarrhause schräg gegenüber, mit einem grünen Platz, der mit Bäumen beschattet war, wo zwischen den Blättern die Funken flogen.

Hartknopf konnte aus seiner Studierstube das Getöse der Hämmer auf dem Amboß hören, und dann schlug sein Herz stärker, unwillkürlich machte er das Buch zu, und konnte nicht auf der einsamen Stube bleiben.

Die Jahre seiner frühesten Kindheit traten in ihrer Kraft und Blüte vor seine Seele.

Um seine Schultern schlotterte die Löwenhaut, und auf die schwere Keule stützte sich sein Arm. Die Welt lag vor ihm offen vom Aufgang bis zum Niedergang. Er bahnte zwischen Ungeheuern durch Wüsten sich seinen Weg, bis aus den dunklen Zweigen die goldene Frucht ihm entgegenblinkte, und er sie dem seufzenden Stamme mit kühner Hand entriß. – –

Heimlich stahl er sich aus dem Hause fort, und eilte hinter die Bäume, welche die Schmiede versteckten; dann lehnte er sich über die halbe Tür am Eingang und blickte sehnsuchtsvoll nach dem glühenden Ofen hinüber, während die Funken um seine Locken spielten. –

Unter den wiederholten Schlägen ebnete sich der Huf, das starre Eisen spitzte sich zu. Das Unförmige bekam Gestalt und Form.

Nun konnte er nicht länger widerstehen – es dauerte nicht lange, so stand er in der Mitte der Arbeitenden, führte den Hammer wie sie, und die obere Tür wurde angelehnt, damit der Küster Ehrenpreiß nicht etwa vorübergehen und seine Blicke dies Heiligtum entweihen möchten.

Hier brachte Hartknopf auch in dem bittersten Leiden noch manche süße Stunde an der Seite seines Freundes zu und stählte seine Brust zur Ertragung alles Ungemachs und aller Widerwärtigkeit des Lebens.

Wenn er dann aber wieder nach Hause mußte, so wusch er sich sorgfältig die Hände, damit sein liebendes Weib die Spuren der ungewohnten Arbeit nicht entdecken möchte.

Hartknopfs Klage

Vom Mittag kommen Heuschrecken
Wie eine düstre Wolke,
Sie senken sich und fliegen wieder auf –
Das Feld ist leer –
Die mit Mühe den Acker pflügten,
Und die Saat ausstreuten,
Gehen der Ernte verlustig –
Sie arbeiteten im Schweiße ihres Angesichts
Um Ungeheuer zu füttern,
Die den Fleiß der Mühevollen
Als eine süße Beute verschlingen.
Von wannen kommt der Trost den Edlen,
Die durch Schmach betrübt sind,
Weil sie einsam stehen,
Und in fernen Zonen
Weit umher zerstreut sind –
Sie sehnen sich im Stillen,
Und wünschen sich zu kennen
Und möchten sich zu einem Chor vereinen,
Und einer sich im andern wieder finden –
Sie haben sich verloren
Und suchen sich vergebens –
Sie trauern in den Wäldern
Und mischen ihre Seufzer
In Philomenens Klage.
Was rauschen über Berge, über Meere
Mir für Stimmen, was für Töne mir entgegen,
Die die Luft mit leisen Flügeln
An mein Ohr hinüberträgt? –
So viel Sprachen, so viel Zungen,
Die harmonisch sich begegnen,
Und nach einem Ziele streben,
Wo sie alle sich vereinen,
Gedanken mit Gedanken
In süßen Lauten wechselnd –
Ach, auf dem seeumspülten Felsen

Möcht ich gern die Hand dir reichen,
Der du hilflos, einzeln stehst –
Aber die Parze hat ihn zerschnitten,
Den Faden, der mich an dich knüpfte,
Zerrissen ist der Menschen Leben
Von ihres Daseins Anbeginn –
Sie müssen sich vergeblich sehnen,
So lange der Tag am Himmel weilt.
Und wenn die Sonne untergeht,
So haben sie noch nicht gefunden,
Was sie bei Tagesanbruch suchten.
Dies ahndet schon die Kinderseele,
Die dunkel in die Zukunft schaut
Wenn bei des Lichtes erstem Gruß
Das neugeborne Auge weint.

Hartknopf steckt den Küster Ehrenpreiß in einen Graben

– denn dieser machte es ihm auf dem Wege, als sie über das Torfmoor nach dem Filial gingen, gar zu arg.

Er fing an von den Wolken zu sprechen, um auf die Glaubenslehren zu kommen, worüber er mit Hartknopf disputieren wollte.

– Bleib er bei seiner Nadel! sagte Hartknopf, denn Ehrenpreiß war seines Handwerks ein Schneider, und rede er nicht dumme und törichte Worte!

Nun mochte aber Hartknopf seine Ohren verstopfen, so hörte doch sein Begleiter nicht auf, den langen Weg ihm noch länger und jeden sauren Schritt ihm noch saurer zu machen.

Eines Sonntags waren sie nun auch ungefähr die Hälfte des Weges gegangen, als Ehrenpreiß, da ihm Hartknopf noch kein einziges Wörtchen geantwortet hatte, anfing witzig zu werden, und allerlei Anspielungen auf die Taube, auf das Hallelujah usw. machte. Dies hörte Hartknopf eine Weile an, bis sie mitten im Torfmoor vor einem schlammigen Graben vorbeikamen. Da faßte er, ohne ein Wort zu sagen, den Küster Ehrenpreiß, ehe dieser sich versah, beim Halskragen, und steckte ihn so wie er war bis an den Hals in den Graben – woraus er ihn nicht eher wieder erlöste, bis er ein unverbrüchliches Stillschweigen auf dem Wege angelobt hatte.

Und nun fing Hartknopf an zu reden und sprach die ganze übrige Hälfte des Weges dem Küster Ehrenpreiß mit mächtiger Stimme in die Seele; dieser aber ging triefend neben ihm her und erkühnte sich nicht einen Laut von sich zu geben, solange sie noch neben dem Graben gingen. Als sie aber im Dorfe ankamen, machte er ein groß Geschrei und drohte Hartknopf zu verklagen, der selbst den Gesang in der Kirche anstimmen mußte, weil Ehrenpreiß ganz mit Schlamm bedeckt vor keinem Menschen erscheinen konnte.

Auszug aus einem Brief, den Hartknopf an mich schrieb

Dieser Brief schilderte mir Hartknopfs Zustand, wie er in den Stunden des frohen Muts zu sein sich vornahm, nicht wie er wirklich war. Er verschwieg mir den inneren Kampf seiner Seele, um sein Beispiel lehrreich für mich zu machen.

Jahre nachher deckte er mir den Schleier auf und ließ mich in die schreckliche Dunkelheit seines damaligen Zustandes blicken, den er mir in seinem Brief mit diesen sanften Worten überkleidete:

»Ich schiffe nun, mein Lieber, den Lebensstrom hinunter – alles atmet Ruhe und Stille um mich her.«

»Ohne Geräusch und Sorgen eilen die Stunden hin. – Kaum bin ich ausgelaufen, und ich finde mich am Ziele.« –

»Unsere Hütten sind gebaut, wir haben unsere Wallfahrt vollendet.«

»Der Seiger unserer Dorfuhr tönt am Morgen, und am Mittag, und am Abend den stillen Frieden in unsere Seelen, und macht uns vertraut mit unteren Wohnungen.«

»Wir gehen friedlich unseren Weg und dulden, und tragen uns einander mit Sanftmut, weil wir vereint zum Grabe wallen.«

»Der Rettichsamen gedeiht auf unseren Feldern, mein Garten steht in voller Blüte, und die Gefährtin meiner stillen Tage ist hoch schwanger.« –

»So ist denn alles, wie es sein kann, und muß, usw.«

Freundschaft und Zärtlichkeit

Das Pfand der Liebe war nun da – Hartknopf war ein Sohn geboren, und das feste Band der Ehe war noch unauflöslicher gezogen.

Der Herr von G. übersandte ein reiches Angebinde, weil er
Schwachheit halber als Taufzeuge nicht zugegen sein konnte.
Kersting aber feierte mit Hartknopf diesen Tag in hohem Freund-
schaftsgenuß; er drückte ihm oft bedeutend die Hand. Und Hart-
knopf sah in ihm eine feste Stütze bei allen Widerwärtigkeiten des
Lebens, einen sicheren Gewährsmann und Bürgen für seine Ruhe.

Zartere Bande knüpften ihn nun an Weib und Kind, aber stärkere
an seinen Freund, an den er sich in Sturm und Ungewitter hielt.

Die Freundschaft nimmt die Zärtlichkeit in ihren Busen auf, und
schützt sie gegen die rauhen Stürme und gegen den kalten Hauch
der Luft. Die Freundschaft verbirgt die Zärtlichkeit in der ernsten
Stunde, wo sie unerbittlich und streng die Miene des Hasses an-
nimmt.

Sie ist höher als die Zärtlichkeit, dauernder als die Liebe, stark
wie die Tugend, und mächtig wie der Verstand.

Der geheimste Kummer

– ist derjenige, welchen Liebende sich selber gern verschwiegen, gern vor sich selber verbergen möchten: – daß sie dem geliebten Gegenstand das nicht zu sein vermögen, was sie ihm zu sein doch sehnlich wünschen –

– daß immer qualvoller ihr Zustand wird, je mehr sie sich zwingen wollen, noch immer das zu sein, was sie nicht mehr sind –

– wenn die regen Gefühle in ihrem zartesten Vereinigungspunkte miteinander uneins werden.

Das höchste Opfer

Gibt es wohl noch ein höheres, als wenn die Liebe sich selber dahingibt, um ihrem Gegenstande, den sie umfaßt, die Freiheit zu schenken, wonach die Seele im innern Kampfe mit sich selber schmachtet?

– wenn der aufstrebende Geist durch zarte in sein Wesen verwebte Bande sich gefesselt fühlt, welche zu zerreißen seiner Empfindung selbst den Tod droht –

– wenn dann die mitleidsvolle Liebe selber die Bande löst, um den Entfesselten frei und froh zu wissen; so hebt sie durch dies Opfer sich über sich selbst empor. Sie dehnt sich gleich dem milden Äther aus und wird durch leise Wünsche der Schutzgeist des Irrenden auf seinen Pfaden.

Die Trennung

Sie ist das erste große Gesetz der Natur. In ihr liegt der Keim zu allen Bildungen.

Sie ist die Mutter der Schmerzen und die Gebärerin der Wonne.

Sie erneuert unaufhörlich die Gestalten und erhält das Ganze in ewiger Jugend.

Da, wo die Schere den Faden zerschneidet, beginnt ein höherer Anfang.

Das Grab der Liebe ist die Wiege der Weisheit, welche höher ist denn alle Vernunft, und welche eben deswegen sehr viel Vernunft voraussetzt, auf die sie sich stützen kann. –

Diese Weisheit findet einen Punkt, wo der Schmerz der Trennung aufhört, das bittere Scheiden süß, und jede Versagung leicht wird;

– wo alle Entbehrungen aufhören und die Fülle des Daseins eintritt. –

Eine Lücke in Hartknopfs Geschichte[1]

– – – – – – – – – – – – – – – Mit der Schärfe des Schwertes war der Knoten nun durchgehauen. – Der Scheidebrief war da, und Sophie Erdmuth küßte ihn mit tausend Tränen und versiegelte mit diesem Kuß ihr großes Opfer.

Den Scheidebrief begleitete ein Schreiben an Hartknopf, worin ihm die gebetene Entlassung von seinem Amte erteilt wurde.

Der Pächter Heil führte seine Schwester mit ihrem Knaben wieder in sein Haus – und Kersting begleitete sie.

Der Küster Ehrenpreiß hatte Hartknopf beim Konsistorium angeklagt und die Bauern aufgehetzt, daß sie ebenfalls gegen ihn eingekommen waren; nun schrieb er sich triumphierend Hartknopfs Schicksal zu.

---

[1] diese Lücke wird sich aus Hartknopfs vertrautestem Briefwechsel ergänzen

Täuschung und Wirklichkeit

Wenn die Wasserwaage
Das Unebne gleich macht,
So ist es still in der Seele des Weisen –
Es ist nicht die Stille des Grabes,
Sondern der hohen Mittagsstunde,
Wenn die Arbeiter im Felde ruhn,
Kein Lüftchen sich bewegt,
Und nur die summende Fliege
Dem Ohre vernehmbar wird.
Der Müde ruht im Schatten der Eiche,
Und goldne Träume umgaukeln seine Stirn.
Wie nächtliche Nebel rollen die Sorgen hin –
Die Sonne der Freuden glänzt –
Es hüpfen goldene Wellen
Auf sanftbewegter Flut –
Und grüne Büsche spiegeln
Sich in dem klaren See –
Der Träumer spricht; hier laßt uns Hütten bauen!
Sein Genius steht lächelnd neben ihm
Und zieht den Vorhang mit Gebüsch und klarem
See hinweg –
Nun ist die steile Felsenhöhe wieder da.
Die schon so oft dem Ängstlichträumenden er-
schien. –
Soll ich denn diese steile Höh erklimmen?
Soll ich des Lebens Weg denn stets
Auf ungebahnten Steigen wandeln? –
Mit Mut erfüllt des Träumers Busen
Der Knab' im glänzenden Gewand –
Dem Schlummrer wird die Seele größer,
Das Blut in seinen Adern
Eilt schneller, und der Fels sinkt ein.
Ein leichter Sprung bringt ihn ins Weite –
Des Wandrers Schritt ist ungehemmt
Und unbegrenzt sein Blick – – –

Der Abschied

Dank euch, ihr großmütigen Seelen, daß ihr den Scheidenden sanft und gut entließet.

Ihr hattet ihn eine kleine Weile gefangen gehalten und ließet ihn wieder in sein großes Element entschlüpfen. –

Am frühen Morgen brach Hartknopf auf.

Sophie Erdmuth, an Kerstings Arm gelehnt, und der Pächter Heil begleiteten ihn vors Dorf hinaus.

Er hatte Mut in ihre Seelen gesprochen, aber sie sahen ihm mit weinenden Augen nach. –

Und Hartknopf nahm seinen Stab, und wanderte nach Osten zu.

Der Küster Ehrenpreiß aber stand hinter einem Busch, und sagte triumphierend: den Hartknopf habe ich moralisch totgeschlagen!

ENDE

Über tredition

Eigenes Buch veröffentlichen

tredition wurde 2006 in Hamburg gegründet und hat seither mehrere tausend Buchtitel veröffentlicht. Autoren veröffentlichen in wenigen leichten Schritten gedruckte Bücher, e-Books und audio-Books. tredition hat das Ziel, die beste und fairste Veröffentlichungsmöglichkeit für Autoren zu bieten.

tredition wurde mit der Erkenntnis gegründet, dass nur etwa jedes 200. bei Verlagen eingereichte Manuskript veröffentlicht wird. Dabei hat jedes Buch seinen Markt, also seine Leser. tredition sorgt dafür, dass für jedes Buch die Leserschaft auch erreicht wird.

Im einzigartigen Literatur-Netzwerk von tredition bieten zahlreiche Literatur-Partner (das sind Lektoren, Übersetzer, Hörbuchsprecher und Illustratoren) ihre Dienstleistung an, um Manuskripte zu verbessern oder die Vielfalt zu erhöhen. Autoren vereinbaren direkt mit den Literatur-Partnern die Konditionen ihrer Zusammenarbeit und partizipieren gemeinsam am Erfolg des Buches.

Das gesamte Verlagsprogramm von tredition ist bei allen stationären Buchhandlungen und Online-Buchhändlern wie z. B. Amazon erhältlich. e-Books stehen bei den führenden Online-Portalen (z. B. iBookstore von Apple oder Kindle von Amazon) zum Verkauf.

Einfach leicht ein Buch veröffentlichen: **www.tredition.de**

Eigene Buchreihe oder eigenen Verlag gründen

Seit 2009 bietet tredition sein Verlagskonzept auch als sogenanntes "White-Label" an. Das bedeutet, dass andere Unternehmen, Institutionen und Personen risikofrei und unkompliziert selbst zum Herausgeber von Büchern und Buchreihen unter eigener Marke werden können. tredition übernimmt dabei das komplette Herstellungs- und Distributionsrisiko.

Zahlreiche Zeitschriften-, Zeitungs- und Buchverlage, Universitäten, Forschungseinrichtungen u.v.m. nutzen diese Dienstleistung von tredition, um unter eigener Marke ohne Risiko Bücher zu verlegen.

Alle Informationen im Internet: **www.tredition.de/fuer-verlage**

tredition wurde mit mehreren Innovationspreisen ausgezeichnet, u. a. mit dem Webfuture Award und dem Innovationspreis der Buch Digitale.

tredition ist Mitglied im Börsenverein des Deutschen Buchhandels.

Dieses Werk elektronisch lesen

Dieses Werk ist Teil der Gutenberg-DE Edition DVD. Diese enthält das komplette Archiv des Projekt Gutenberg-DE. Die DVD ist im Internet erhältlich auf **http://gutenbergshop.abc.de**